谷崎潤一郎

谷崎润一郎

猫与庄造与两个女人

赖明珠 译

上海译文出版社

福子小姐请原谅我借用雪子的名义写这封信，其实我并不是雪子，这样一说，你应该会知道我是谁了吧，不，不，你在拆开这封信，展开信纸的瞬间可能已经清楚发现“原来是那个女人”了，而且一定很生气，心想真失礼……居然擅自使用朋友的名字写信给我，实在是个厚脸皮的女人，不过福子小姐，请你体谅，如果我在信封背面写上自己的名字的话，那个人一定会发现，而且半路就把信抢过去了，这是显而易见的事情，如果无论如何都希望你能读到这封信的话，只有这样做，没有别的办法。不过请你放心，我绝对不会出口说些怨言，也不打算向你哭诉什么。虽然，如果要说真心话，我想这封信的十倍二十倍长恐怕都不够写，不过事到如今再说那些也已经一点用处都没有了。嗯呵呵呵呵呵呵，我也吃了不少苦头因此开始变得很坚强了噢，并没有一天到晚哭哭啼啼的，虽然想哭的事情和不甘心的事情其实多得有一箩筐，不过也已经再也不愿意去想了，我已经下定决心要开朗地活下去。真的，人的命运这东西，什么时候轮到谁倒霉，是除了神明之外谁也不知道的，所以去羡慕或嫉恨别人的幸福，真是傻瓜对吗？

我再怎么是个没受教育的女人，也知道直接写信给你是一件很失礼的事情，不过这件事我已经请塚本先生帮我向他提过好几次了，可是他无论如何都不肯听，所以现在除了拜托你之外，似乎也已经没有别的办法了。不过这样一说听起来好像是多么难办到的请托似的，其实真的真的一点也不麻烦。我只是想从你们家得到唯一一件东西而已。这么说，当然可不是说要你把他还给我。其实是更微不足道的东西，更没有价值的东西……我想要莉莉。我听塚本先生说，他说可以把莉莉给我，只是福子小姐说不愿意离开莉莉，嘿，福子小姐，这话可是真的？我唯一的愿望，难道你也要阻碍吗？福子小姐请你试着想一想，我已经把比自己生命还要珍贵的人……不，何止是这样，还有和那个人共同建立起来的快乐家庭中的一切东西，都毫不保留地让给你了。连一件东西，一片破碗片都没有带出来，连我出嫁时自己带过去的嫁妆细软，他都没有好好还给我。不过，这些容易让人触景生情想起悲伤往事的东西，或许没有也罢，只是至少总可以把莉莉让给我吧？除此之外我也不会再提出其他任何无理要求了，不管怎么践踏，怎么拳打脚踢，我都默默忍受过来了。相对于这样大的牺牲，难道说给我区区一只小猫，也是厚脸皮的过分要求吗？对你来说它真的只是可有可无的小野兽而已，对孤独的我却是多么大的安慰呀……我，虽然也不愿意被认为是胆小鬼，不过如果没有莉莉的话，真是寂寞得一点办法都没有了……这个世界上除了猫以外，再也没有一个人会理睬我了。你已经把我打败到这个地步了，难道还要让我承受更大的痛苦吗？对于现在寂寞又胆小的我，连一点同情心都不肯给，难道你是这样一个没有慈悲心肠的人吗？

不，不是，你不是这样的人，我很了解，其实不愿意离开莉莉的，不是你，而是他，没错，一定是这样的。那个人最喜欢莉莉了。他每次都说“我跟你还可以分开，但是跟这只猫可就分不开了”。而且吃饭的时候、晚上睡觉的时候，他都觉得莉莉比我可爱得多。那么，为什么不老实说“自己不愿意离开猫”，却推说是因为你不愿意呢？那原因请你务必好好仔细想一想……那个人把讨厌的我赶了出来，然后跟喜欢的你住在一起了。当初跟我在一起的时候，真的需要莉莉，可是现在莉莉应该已经变成多出来的妨碍了吧。或者难道他，到现在没有莉莉还会觉得不满足吗？那么你也跟我一样，被他看成比猫都不如吗？对不起，我无意冒犯，只是说溜了嘴……我想应该不会这么傻吧，不过那个人居然把自己喜欢猫这件事情隐瞒起来，却推说是因为你的关系，可见这或许是他还多少感觉到心虚的证据……嗯呵呵呵呵呵呵，那种事情，怎么样都已经跟我没关系了对吗？不过你真的还是小心一点好，如果太不当一回事，心想只不过是一只小猫而已的话，可能连那只猫都会背叛你哟。我绝对不想说坏话，这与其说是为我自己，不如说是为你设想的，你还是早日让那只莉莉离开他身边比较好，如果他不肯的话，那不就更奇怪了吗？……

福子一面把这封信上的一字一句放在心里，眼光一面若无其事地盯着庄造和莉莉的一举一动，只见庄造正就着二杯醋[1]凉拌的竹荚鱼一面小口啜着酒，每喝一口就把小酒杯放下来，叫着：

"莉莉。"

他用筷子把一只竹荚鱼高高地举起来。莉莉则用后脚站起来，把前脚搭在椭圆形的矮桌边缘一直注视着碟子上的小鱼，那模样既像酒吧里的顾客倚靠着柜台一般，又像巴黎圣母院的怪兽[2]，尤其当庄造把饵高高举起来时，莉莉的鼻子就忽然一张一张地抽动起来，那对大大的伶俐的眼睛，简直就像人惊讶的时候那样睁得圆滚滚的，从下面往上仰望着。然而庄造却不轻易扔给它。

"看哪!"

说着他把鱼拿到它鼻子前面去，之后却反过来往自己的嘴巴里送。然后把渗入鱼身的醋汁啧啧地吸吸干，又把看来坚硬的骨头帮它咬碎之后，才再一次举得高高的，一会儿拿远一些，一会儿移近一些，一会儿举高，一会儿降低，做出各种炫耀姿势来。被他这一勾引，莉莉的前脚离开矮儿，像幽灵般举高到胸前两侧，一面摇摇摆摆地往前走一面去追逐。他把猎物拿到莉莉头的正上方时会静止下来，莉莉于是盯紧目标，拼命往上跳，趁着跳起来的时候快速伸出前脚想捕抓目的物，不凑巧闪失了，再跳起来。就这样等到终于捞到一只竹荚鱼时，总要耗掉五分钟到十分钟。

同样的事情庄造会重复做好几次。喂完一只鱼就喝一杯酒，又

---

① 用醋和酱油或醋和盐混合，也指用这种醋凉拌的食物。
② 巴黎圣母院怪物走廊里的怪兽雕像。

呼叫：

“莉莉！”

一面叫着一面开始举起下一只鱼。小碟子上应该装有两寸左右的小竹荚鱼十二三只，自己真正心满意足地吃掉的恐怕不到三四只，剩下的都只有啧啧地吸一吸二杯醋汁而已，鱼身则全部喂给猫吃了。

“哎呀，呀，好痛！会痛啊，喂！”

庄造终于发出怪叫声来。因为莉莉突然跳到他肩膀上，脚爪抓痛他了。

“嘿！下来！快点下来呀！”

夏末时节暑热余威已经开始减弱的九月中旬过后，就像胖的人通常一定都怕热那样，容易流汗的庄造，把矮桌搬出到面对上次豪雨成灾[1]时留下许多淤泥的后院檐廊来，在短袖衬衣上套一件毛线腹卷，只穿着麻制的及膝短裤，就盘腿坐着，莉莉跳到他圆滚滚隆起如山丘般的肩膀肌肉上，因为滑溜溜的为了避免滑倒，便使劲立起爪子。这一来，爪子透过单薄的绉绸衬衣抓进肉里去了。

“哎呀！好痛！”

他一面叫着一面骂。

“嘿，还不快点给我下来！”

他边摇摆着肩膀边往一边倾斜，不过这样莉莉更怕会掉下来而把爪子立起来，最后他衬衣上点点滴滴地渗出血来。不过庄造嘴巴上虽然发着牢骚：

---

① 本小说首次刊登于昭和十一年(1936 年)一月和七月的《改造》杂志。因此这里所指的水灾，是昭和十年(1935 年)六月二十九日京都大阪神户地区发生的豪雨所造成的水灾。

“真乱来。”

却绝对不会生气。这点莉莉好像心知肚明似的，一边把脸颊凑上厮磨他的脸颊去奉承他，一边看到他衔着鱼时，把自己的嘴大胆地凑到主人的嘴边去。然后庄造会喃喃地咀嚼一番之后，用舌头把鱼送出来给它，莉莉就咻一下咬住鱼，有时是一次就咬走，有时咬过后会顺便在主人嘴边高兴地到处舔一舔，有时主人和猫各咬着两端互相拉扯。在那之间庄造会发出“喝”“呸、呸”或“嘿，等一下”的声音，或喝彩起来，有时皱起眉头，有时吐口水，看起来真是和莉莉一样高兴。

“嘿，怎么回事啊？——”

可是，好不容易告一段落休息一下，若无其事地把酒杯递到太太那边，他忽然担心地偷瞄她一下。不知道为什么刚才还高高兴兴的太太，居然不再帮他斟酒，还抱着双臂开始袖手旁观起来，从正面狠狠瞪着他。

“酒，没了吗？”

伸出去的酒杯缩了回来，他提心吊胆地探视她的眼神，对方一点退缩的样子都没有地说：

“我有些话要跟你说。”

她只这样说完，又有点懊恼似的沉默下来。

“嗯？什么事情呢？——”

“你把那只猫，让给品子吧。”

“为什么？”

怎么突然没头没脑地冒出这样一句来？他连连眨着眼睛，太太那边也毫不示弱地摆出不悦的表情，因此他更搞不清楚状况了。

“为什么突然这么说呢？……”

“别管为什么，你就让给她便是了，明天快去叫塚本先生来，早一点交给她吧。”

“这，到底是怎么回事嘛？”

“你，不愿意啰？”

“慢着，等一下啊！也不说个清楚为什么，就这样讲，不是强人所难吗？你是不是有什么不高兴的事？”

吃莉莉的醋？虽然也想到了这一点，不过很不能理解的是，她本来也喜欢猫的啊。以前庄造和前妻品子住在一起的时候，福子听到品子有时候会吃猫的醋时，还笑她没常识，把这件事当嘲笑的话柄。因此，她当然知道庄造喜欢猫，而且来到这里之后，虽然没有庄造那么极端，不过自己也跟他一起疼爱莉莉。像现在这样，每天三餐，夫妇面对面中间夹着矮桌用餐时，莉莉一定会加进来，到目前为止她一次也没有啰唆过什么。不但没有，而且每次都像今天这样，吃晚饭时，他一面和莉莉慢慢游戏一面享受晚酌，望着丈夫和猫表演马戏团的把戏般希奇的风景，福子不但一副觉得很有趣的样子，有时也自己加入喂饵或让猫跳到身上来，莉莉的介入，对于新婚的两个人来说，只有更加深他们的感情，具有使餐桌气氛活泼起来的功能，应该不会妨碍他们才对。那么原因到底是什么呢？到昨天为止，不，到刚才为止，到晚酌喝了五六杯为止，还没有发生任何事情，不知道什么时候开始形势有了转变，可能有什么些微的小事惹她生气了。或者看她说出“让给品子吧”，也许是她突然开始觉得品子很可怜了也不一定。

这么说来，品子在从这个家出去的时候，就曾经提出过想以带莉莉走为交换条件之一，后来又通过塚本先生，把这愿望传过来两三次倒是事实。不过庄造总认为不要理会这借口比较好，每次都当场拒绝了。听塚本的口气，他对一个把一起生活多年的妻子赶出门去，把别的女人带回家来的不忠男人，真想说还有什么可留恋的呢，可是她现在好像还忘不了庄造，虽然心里努力想恨他、怪他，却恨不起来，顺便还想要一个能留下回忆的纪念品，那么能不能把莉莉给她呢，以前一起生活的时候，觉得它太受宠而感到忌妒，暗中不免有时候虐待它，到现在，却觉得那个屋子里的东西都令她怀念，尤其莉莉最让她怀念，自己至少可以把莉莉当作庄造的孩子般好好去疼爱，悲哀难过的心情也可以多少得到安慰吧。——

“嘿，石井君，一只猫算得了什么，人家都这样说了，难道不可怜吗?”塚本这样说。

“那个女人讲的话，你都当真就没完没了了。”

每次庄造总是这样回答。那个女人最会讨价还价，底线后面还有底线，不管她说什么总觉得很可疑。第一点个性就刚强，有不服输的毛病，对分手的男人还说什么念念不忘啦，莉莉变得很可爱啦，说这些可怜话很奇怪。那家伙怎么会觉得莉莉可爱呢。一定是想自己把它带过去，随心所欲地虐待，以便出气泄恨吧。要不然为什么连庄造喜欢的东西都要拿走，看她有多坏心眼。——不，与其说是出自孩子气的复仇心，不如说可能有更深更深的企图也说不定，头脑单纯的庄造没办法看透对方肚子里打的什么算盘，所以觉得有点可怕，也觉得有点反感。何况，那个女人已经提出很多相当任性的条件了。不过本来是自己理亏，只希望她能早一天出去，所以大多事情都听她的，这样还要来把莉莉带走，叫人怎么受得了?

因此，庄造不管塚本怎么执拗地来游说，都以他一流的委婉借口婉转推托掉，福子当然也赞成这样，态度比庄造还要清楚。

“把事情说清楚！这是怎么回事，我完全搞不懂。”

这么说完，庄造自己把酒壶拿过来，开始为自己倒酒喝。然后啪一声拍大腿说：

“没有蚊香了吗?”

边往旁边东张西望一番，边半自言自语地说。周遭已经昏暗下来了，于是成群的蚊子从眼前的板墙脚下嗡嗡嗡地往檐廊这边飞来。原来蹲在矮桌下面的莉莉，有点吃得过多的模样，在自己的事情被人家拿来当问题拌嘴之后，便悄悄走下到庭园去，从墙脚下钻出去，消失无踪了，好像客气地回避似的，好奇怪，不过它每次被喂饱肚子之后，总会一溜烟地溜出去消失无踪一阵子。

福子默默地走开到厨房去，找来涡卷蚊香，为他点上后放进矮桌下，然后说：

“嘿，你那些竹荚鱼全都喂给猫吃掉了吧？自己吃到的顶多才不过两三只不是吗?”

这次出口的声调比较温和。

“这种事情我可不记得。”

“我确实数过了。那碟子上刚开始有十三只，莉莉吃了十只，你才吃三只不是吗?”

“那可就不好意思了。”

“有什么不好意思的，你难道不明白。嗯，请你仔细想一想。我并不是因为像猫这样的对象吃醋。不过，本来我说不喜欢二杯醋泡的竹荚鱼的，你不是说你喜欢吃，希望我做吗？说得那么好听，结果不但自己一点都没吃，还全部拿去喂给了猫吃……”

她说的意思是这样的：

在阪神电车沿线的地方，像西宫、芦屋、鱼崎、住吉一带，鱼贩大概每天都会把本地刚捕获的新鲜鱼类像竹荚鱼、沙丁鱼拿来大街小巷叫卖：“竹荚鱼来啰，竹荚鱼”“沙丁鱼来啰，沙丁鱼”。“来啰”的意思，是指“新鲜的刚捕来的鱼上市了”，价钱一杯大约十到十五钱①，这就够一家三四口人的家庭副食，看来很好卖，一天会有几个人来买。可是，竹荚鱼和沙丁鱼在夏天之间长度只有一寸左右，到了入秋时分长度渐渐加长，还太小的时候不管用盐烤或用油炸都不方便，所以只能就那样直接干煎之后再浇上二杯醋，配上切细的姜丝，连鱼骨头都吃下去。可是福子却说不喜欢吃二杯醋，从上次就反对。她喜欢吃比较热的油一点的东西，所以她说要她吃像这样干干冷冷的东西实在真难过，她就是这样奢侈，庄造说你只要做你喜欢的就行了，我喜欢吃竹荚鱼我会自己来。当叫“来啰来啰”的鱼贩经过的时候，就会叫进后门来买。福子和庄造是表兄妹，会嫁进门也是有原因的，既不必对婆婆赔小心，从进门的第二天开始就随心所欲我行我素了，但总不能看着丈夫拿菜刀吧，结果还是自己帮他做那二杯醋，虽然不喜欢也只好勉强一起吃。何况，最近这五六天来已经连续这样了，两三天前忽然发现一个事实，说起来，甘冒太太的不满都要端上餐桌的菜色，哪里是庄造自己在吃的，明明都喂给莉莉吃掉了。于是渐渐开始仔细想想，确实那竹荚鱼尺寸小，骨头又软，鱼肉不必费事去骨，数量又多，价格算便

① 一日元的十分之一。当时的一日元相当于现在的二千日元。十钱相当于二百日元。

宜，而且因为是凉拌菜，所以适合每天晚上那样喂给猫吃，换句话说，庄造说他喜欢吃，其实是因为猫喜欢吃。在这个家里，主人竟然不顾太太的好恶，而以猫为中心来决定晚餐的菜色。而且原来以为是为了丈夫而忍耐的太太，其实是为了猫在做菜，无形中被设计成在侍候着猫啊。

“没这回事，我每次都是自己想吃才拜托你做的，只是莉莉这家伙那样执拗地要吃，我一不小心疏忽了，才一只又一只地喂给它吃的。”

“你说谎，一开始就是想给莉莉吃的，明明原来不喜欢吃的东西，却说是喜欢的吧，你呀，把猫看得比我还重要对吗?”

“唉呀，你怎么这样说呢……”

庄造夸张地吐出这句话，其实却是被她的话震住一时语塞。

“要不然你说我比较重要啰?”

“那当然还用说吗？什么傻话，真是的!”

“别光嘴巴这样说，拿出证据来给我看看，像你这种人没有信用。”

“那明天开始就不要再买竹荚鱼了。怎么样，你没话说了吧。”

“与其这样，还不如就把莉莉给人家算了嘛。那只猫要是不在，才最好不过呢。”

该不会是认真说的吧，不过也不能太小看她，否则意气用事起来就麻烦了，所以没办法，庄造只好双膝并拢，恭恭敬敬地坐正姿势，哈腰鞠躬，一面把双手放在膝盖上，一面说：

“是这样吗？你明明知道它会被虐待，还忍心把它送去那样的地方吗？再别说这么没慈悲心的话了。”

他装出一副可怜兮兮的样子，发出恳求的声音。

“嘿，拜托你，快别这样说嘛……”

“你看吧，还是猫比较重要，不是吗？如果你无论如何都不舍得把莉莉给人家的话，那么你就让我走好了。”

“别胡说了！”

“我，也不愿意被人家拿来跟畜牲相提并论哪。”

也不知道是不是因为过于认真起来，福子忽然眼泪涌了上来，连自己都很意外，急忙转过身子背向丈夫。

收到品子借用雪子的名义寄来的信时，刚开始福子感到，竟然这样恶作剧，想来挑拨离间我们夫妇的感情，真是个讨厌的女人，谁会上你的当呢！品子的居心，如果写出来的话，就是希望福子会开始担心莉莉，说不定就把莉莉送去给她，那么一来，看吧，以前嘲笑人家的你，不也开始吃起猫的醋了吗？你也没多受丈夫重视吧？我来拍手嘲笑她，就算没那么顺利，这封信也会成为引起家庭风波的契机，光这样就已经够有趣了。她一定这样想，要先下手为强的话，我们夫妇就要更加相亲相爱地过日子，让她看到这种信完全不成问题，让她更清楚知道我们夫妇俩还是一样疼爱莉莉，一点都没有要放开莉莉的意思，——那就再好不过了。

不过，很可惜这封信来得不是时候。因为，正好这两三天竹荚鱼二杯醋的事情还梗在福子心中，正想修理丈夫一番。本来，她就没有庄造想象中那么喜欢猫，只不过为了迎合庄造的心意，和为了刁难品子，出于这两方面的需要才自然变得喜欢猫的。自己以为喜欢，也让别人这样以为。那是在她还没进这个家以前，还在暗中和婆婆阿玲串通一气，一心一意计谋要把品子赶出这个家时的事。因为这样，她来到这个家后也就继续疼爱着莉莉，尽量保持喜欢猫的样子，可是她却渐渐感觉这只小畜生的存在，开始令她憎恨起来了。不管怎么样，据说这只猫是西洋品种的，以前，有客人来玩的时候，把它抱起来放在膝上时，摸起来触感很柔软，毛色漂亮，容貌美好，姿态也好，在这附近都算是少见的漂亮雌猫，因此那时真的觉得很可爱，品子居然会觉得这家伙碍事，这个人真是奇怪，或者是一旦被丈夫讨厌之后，就连对猫都会开始怀有偏见也不一定，这倒不是讽刺，福子真的这么觉得。不过现在自己当上了继任太太之后，并没有像品子那样被讨厌，她知道人家很疼惜她，不过很奇怪，不知道为什么，她现在已经无法再嘲笑品子了。说起来，就是因为庄造喜欢猫不是普通的喜欢，而是超越一般程度的那种喜欢。实际上，要疼猫也是可以的，只是竟然把一只鱼(而且就在太太眼看着之下!)嘴对嘴咬着喂到猫口里去，互相拉来扯去的，太没顾忌了。还有吃晚饭时，猫跑过来夹在两个人中间，老实说也不太愉快。夜晚虽然婆婆很识相，自己一个人先吃完就上楼去了，福子正想好好享受夫妇单独相处不被打搅的私密生活，这时猫这家伙却爬过来把丈夫横刀夺走。心想正巧今天晚上没看到猫的影子时，只要听到矮桌脚撑开的声音，盘子碟子相碰发出丁当的一点声音，它就会立刻从什么地方跑回来。偶尔有猫不回家时，不像话的反倒是庄造，一直“莉莉、莉莉”的大声叫个不停。他会走上二楼，绕到后门，甚至走到马路上大声叫，直到它回来为止。福子即使拿出烫好的酒壶来，劝他说马上就回来，先喝一杯吧，他都扭扭捏捏不肯好好坐定下来。这种时候，他满脑子都是莉莉，似乎一点也没留意到太太怎么想。还有一件不愉快的事情是，睡觉的时候它也要挤进来。庄造到目前为止养过三只猫，不过知道怎么钻进蚊帐的就只有莉莉。莉莉真的很灵巧。原来如此，你看它，把头紧贴着榻榻米，滑溜溜地就钻过蚊帐的边爬进里面来了。而且大多都在庄造棉被的那一边睡，不过天冷的时候会爬到棉被上面，最后还会从枕头那边，像钻蚊帐一样，颇得要领地钻进棉被的空隙里来。因为这样，夫妇的秘密就全被这只猫看到了。

虽然如此，她到现在还没有机会把喜欢猫的招牌拿下来说，我已经开始变得讨厌猫了，而且也“因为对方只不过是一只猫而已”，在这样的自负之下拖延着，强忍着一肚子的气。他只不过把莉莉当玩具一样，其实是喜欢我的，对他来说我是天地间唯一不可替代的最爱，所以要是胡思乱想，搞不好反而自己贬低了自己。还是放宽心一点，别再去憎恨没有任何罪过的动物了。于是才回心转意，配合着丈夫的兴趣步调。不过本来没什么耐性的她，这种忍耐应该也不会太持久，不愉快的神色逐渐一点一点显露在脸上，突然这次的二杯醋事件又从天而降。丈夫为了讨好猫，竟把太太讨厌的东西端上餐桌，而且装成自己喜欢的样子，甚至到当着太太的面还敷衍她的地步！——要是把猫和太太放在天秤上秤一秤，显然是猫比较重。她想避开不看的事实，就一清二楚地摆在眼前，已经再也没有继续自负下去的余地了。

老实说，这时候品子的来信飞了进来，似乎给她的醋劲火上加油了。另一方面，那也在爆发的一步之前，发挥了抑制作用。只要品子乖乖不动，对莉莉的介入已经一天都无法再漠视下去的她，本来打算立刻跟丈夫谈判，把猫让给品子的，可是被品子这样一恶作剧，反而觉得如果听品子的吩咐，又太可恨了。换句话说，对丈夫的反感，还有对品子的反感，哪一方的感情会控制她呢，她左右为难了。如果把品子来信的事情坦白说出来，跟丈夫商量的话，就算事实并非如此，但形式上却变成好像是被品子唆使的，那就太不甘心了，还是瞒着他好了。一想到哪一边更可恨，品子的做法固然令人生气，不过丈夫的举动也令人无法容忍。尤其是每天都在眼前看着，所以无论如何都叫人怒火中烧，而且，老实说，品子写的“如果不小心，他喜新厌旧，你就会被猫代替”，还真是意外地令她心中怦然一动，虽然心想怎么可能这样，太荒谬了，不过只要把莉莉赶出家门，就不用再瞎操心了。只是这样一来让品子顺利得逞，则未免太不甘心了，为了争一口气，猫的小事就忍耐一点吧，谁要上那个女人的当呢！结果变成这样。——到今天傍晚坐在矮桌前为止，她就这样处于脑子团团转的状态，焦躁不堪，就在一面数着碟子里的竹荚鱼一尾一尾减少，一面望着那每天的耍宝游戏之间，终于火大起来，对丈夫的积怨一口气爆发开来。

不过最初还只是说出来故意激怒他，还没有认真要赶莉莉出去的意思，可是她开始在意起来之后，就变得越发进退不得，都因为庄造的态度不好。从庄造的立场看，福子会生气也是有道理的，所以，最好不要跟她争辩，干脆顺她的意思也就好了。那么只要让她顺了心，心情好起来之后，或许反而不至于闹到那么僵的地步，偏偏要没道理还强词夺理，想逃避。这是庄造最坏的毛病，如果不愿意就干脆说不愿意也好，偏偏怕对方生气，像用瓢捕鲶鱼[1]般支支吾吾地回避搪塞，到了紧要关头又忽然改变。听口气好像已经快要答应了，其实却绝对不说“好”。给人的印象看来虽然好像很软弱，其实却是黏乎乎啰唆不干脆的狡猾人。福子觉得丈夫在其他方面都让她随心所欲，只有这个问题却说“只不过是一只猫嘛”，一副没什么的样子，偏偏一直也不肯同意，看样子只能想成他对莉莉的宠爱比想象中还要深，因此才更加舍不得丢开。

“嘿，老公……”

那天晚上，她爬进蚊帐后又开始提起来。

“你转过这边一下。”

“啊，我好困，让我睡觉嘛……”

“不行，刚才的事情不决定的话，不让你睡。”

“非要今天晚上不行吗？明天再说吧。”

朝向外面的一边只有四片玻璃门拉上窗帘而已，因此屋檐的灯光朦胧地照进店里深处来，模模糊糊看得见东西之中，庄造把棉被完全掀开仰卧着，这样说完便转过身去背对着太太。

“嘿，你别朝向那边！”

“拜托让我睡吧，昨天蚊子飞进蚊帐里来，我一点都没办法睡呢。”

“那么，就照我说的去做啰。如果想早一点睡的话，就这样决定吧。”

“太过分了！决定什么啊。”

---

① 以鲶鱼滑溜、不容易捕抓比喻言语闪烁难以掌握。

“怎么嘛，别装睡打马虎眼，随便应付我噢。你不把莉莉给她吗？怎么样？现在就请你说个清楚。”

“明天，——让我考虑到明天吧。”

才这样说着之间，很快就发出舒服的鼾声了。

“等一下！”

说着，福子蓦地站起来转到丈夫那边坐下来，猛然用力拧他屁股的肉。

“哎哟好痛，你干什么啊！”

“你每次还不是被莉莉抓，新的伤痕从来没有断过，我捏你就痛了吗？”

“痛啊！别这样，快停止啊！”

“这一点算得了什么？如果能让猫抓你的话，我也可以抓你全身哪！”

“痛、痛、痛……”

庄造自己也赶快起床，一边采取防卫的姿势，一边继续叫着。因为不想让二楼的老人家听到，所以没发出很大声，不过刚刚才拧过，这下换成用抓的。脸上、肩上、胸前、手腕、腿上，不管那里都攻来，所以每闪躲一下就撞到东西，发出砰的震动声音传遍整个屋子。

“怎么样啊？”

“饶了我吧……饶了我吧！”

“你醒来了吗？”

“醒来了！唉呀好痛，火辣辣的疼啊……”

“那么，回答我现在的问题，猫给还是不给？”

“啊，痛……”

他不回答那个问题，却一面皱着眉头一面搓揉着各个地方。

“又来了，你再打马虎眼的话，我就再这样噢!”

说着，福子用两三根手指迎面在庄造脸颊上猛力地拧下去，他痛得跳起来。

“痛啊——”

庄造都哭出声音来了，这时连莉莉都吃了一惊，逃出蚊帐外去了。

“为什么我非要遭到这样的对待不可。”

“哼，为了莉莉，这不正是你所希望的吗?”

“还在说那么傻的话吗?”

“你不说清楚，我就继续说下去。——你说，你是要我走，还是把莉莉给人? 哪一个?”

“谁说过要你走的?”

“那么你答应把莉莉送走了噢?”

“这又不是非二选一不可的事……”

“不行，我要你决定。”

这么说之后，福子揪住他的前襟开始撞他。

“你说啊，哪一个，快回答! 快!”

“你怎么这么粗鲁嘛……”

“今天晚上不管怎么样我都不饶你，快点，说啊! 快点!”

“好啦，好啦，真没办法，只好把莉莉给人了。”

“你说真的噢。”

“真的啊。”

庄造闭上眼睛，脸上一副死心断念的表情。

“——不过，可以等一星期吗？嘿，我这样说你可能又要生气了，不过再怎么说是畜牲，也在这个家住了十年了，总不能今天说给人，今天就把它赶出门吧。所以，我想至少总要留它个一星期，才不会有遗憾，尽量让它吃点好东西，帮它做点什么事嘛。嘿。怎么样？你也好趁这个时候消消气解解闷疼一疼它。人家说猫是执念很深的动物噢。”

听起来像是真心诚意，不是要手段，既然他这样平心静气地倾诉了，福子也就没办法反对了。

“那就一星期啰。”

“知道了。”

“手伸出来。”

“干吗?”

庄造才说着，已经很快地被她勾手指约定了。

“妈。”

两三天后的傍晚，福子到澡堂去了不在家，庄造则留下来看店，一面往里间出声招呼一面走进去时，母亲正一个人用小餐盘吃着晚餐，他走到母亲身旁扭扭捏捏地弓着腰说。

“妈，我有一点事情想拜托您。——”

每天早晨另外煮的土锅饭，像稀饭般软，已经完全凉掉了，装在碗里，上面放些盐昆布，母亲的背圆圆地拱着吃，几乎快遮住餐盘。

“那个，福子啊，忽然说出要把莉莉送出去，要我把它送给品子呢……”

“上次，你们闹得很凶不是？”

“妈也知道吗？”

“半夜三更的发出那样大的声音，我都吓了一跳，还以为是地震呢。那次，就为了这件事吗？”

“就是啊。您瞧瞧这里——”

庄造伸出两只手腕，把衬衫袖子卷起来。

“您瞧，到处肿得像蚯蚓，到处是乌青。连脸上都抓成这样，伤痕还留着吧。”

“为什么会被弄成这样呢？”

“吃醋啊。——真愚蠢，说是我太宠猫了，所以她吃起醋来，不知道哪个国家有这样的事，简直像疯了一样。”

“品子不也常东抱怨西抱怨的吗？像你这样的疼爱法，任谁都会吃醋的。”

“哦——”

从小开始就习惯对母亲撒娇的庄造，到了这把年纪，还摆脱不了那毛病！还像幼儿般鼻孔膨胀起来，很无趣似的说。

“——每次一提到福子的事，母亲总是站在她那边。”

“不过你呀，不管是猫也好，人也好，老觉得外面的可爱，刚进门的新媳妇要是不为她设想一点的话，她不高兴也是当然的嘛。”

“那才可笑呢。我，什么时候没为她设想了？没把她看成最重要了？”

“如果真是这样，那么就算有点不讲理，你就听听她的嘛。这件事我也听她说了呢。”

“那是什么时候的事?”

“昨天她这样说——莉莉留下的话，她已经忍受不了了，她说你已经跟她约好，再过五六天就要送到品子那边去了，是真的吗?”

“就是这个。——说是说了，不过那约定但愿能不实行，可以想办法帮我跟她好好说说看吗？这件事我想拜托妈。”

“可是她说，如果你不照约定做的话，她就要走噢。”

“这种话，是吓唬人的吧。”

“也许是吓唬人的，既然到了这种话都说得出口的地步了，你就听她的怎么样呢？如果不照约定做的话，麻烦可大着呢。”

庄造一脸的酸相，嘟起嘴，低下头。本来打算让母亲安抚福子的，没想到却完全没用。

“那个女孩那副气势，真的会说到做到，走掉也不一定。那也没关系，不过要是被人家笑话说，我不能把女儿嫁到放着媳妇不管，只疼爱猫的地方去，那怎么办？我比你还更伤脑筋呢。”

“那么，妈也说把莉莉赶出去吗?”

“就是啊，所以总而言之，你就暂且顺着这女孩的心，先把莉莉送去品子那边，先这样做了，等她心情转好的时候，再去带回来也行啊。——”

哪有这么简单，送出去的东西对方不可能还你，你也没有理由再接受。庄造虽然明明知道这样，却像对母亲撒娇似的，母亲也说着显然只是安慰他的话，她照老习惯像哄小孩般安抚庄造。而且，最后她也每次都能让这个儿子照她的意思去行动。

年轻人已经开始穿出绫织秋装的时分了，她也只在夹衣上加一件衬有薄棉里子的甚平[①]背心，脚穿针织布袜，个子小巧，瘦瘦的，看起来虽然像是完全失去活力的衰老婆婆，其实头脑却还意外地灵光，说起话来做起事情来无懈可击，因此附近邻居的评语是“老太婆比儿子灵光”。品子会被赶出家门，其实也是她在背后操纵的，因此也有人说庄造还有点不舍得。因为种种原因，这附近也有很多恨这母亲的人，一般人的同情其实集中在品子那边，不过依她的说法是，不管婆婆怎么不中意的媳妇，如果儿子喜欢的话，就没有理由出去，也不可能赶得出去，毕竟还是因为她已经让庄造讨厌了的关系。说得也有道理，不过如果没有她和福子的父亲出手帮忙，就凭庄造一个人也没有勇气逼走那个太太，这也是无疑的事实。

毕竟母亲和品子之间，不知道为什么从一开始两个人脾气就不对。好强的品子，处处留意不要让婆婆抓到毛病，曾经很小心地服侍过婆婆，不过这种没有一点疏失的精明能干劲儿，却反而触怒了婆婆的肝火。我家媳妇不管哪方面都没有缺点，可是总觉得不会叫你想让她亲密地照顾，说起来，是因为没有打心里想亲切照顾老人家的温柔爱心，母亲常常这样说，不过总之，媳妇和婆婆两方面都精明能干，竟然成为不和的原因。虽然如此在一年半多的期间，光是表面上还维持着平安无事的状态，不过从那时候开始，母亲阿铃就说媳妇无趣，而经常跑到今津[②]的哥哥家，也就是庄造的舅舅中岛的家去住，两三天都不回来。因为逗留时间实在太长了，所以品

---

① 即甚兵卫羽织，男子穿的无袖及膝御寒棉袄。

② 明治三十八年（1905 年）大阪神户间阪神电铁路线建立了今津车站，昭和八年（1933 年）并入西宫市。

子就去看看情况，婆婆却对她说，你回去叫庄造来接我。等庄造去了之后，连舅舅和福子都串成一气把他留住，到了晚上也不让他回家。那似乎有什么企图的样子，庄造也稍微感觉到了，福子总是邀他去甲子园[①]看棒球、到海水浴场去游泳、到阪神公园[②]去玩，任何地方他都顺从地轻轻松松地紧跟着去，悠闲地玩着之间，终于和她产生了不寻常的感情。

这位舅舅说起来是制造和贩卖糕饼的商家，不仅在今津地方拥有一家小工厂，而且在国道沿线也盖了五六间房子出租，过着富裕的日子，只是福子的事情到现在一直还让他伤透脑筋。可能母亲很早过世也有关系，女中读到二年级就中途不知是被退学，还是自己任意缀学，从此就一直在家待不住，总是不安分。有两次离家出走，被神户的报纸揭发报道出来，因此就算想为她安排亲事，也没有人家愿意要，一般贫困家庭她自己也不想要。因为这种种原因，父亲心想不得不设法让她早一天安定下来了，阿铃就是看出他这焦急的情况。福子就像自己的女儿一样，脾气她很了解，所以有缺点也没关系，虽然品行坏很伤脑筋，不过差不多也到了知道轻重的年龄了，有了丈夫之后应该不会搞外遇吧，而且这种事情并不严重，因为这女孩有那国道沿线的两栋房子当嫁妆，能收的房租就有六十三日元。阿铃算过了，哥哥把房子的名义过到福子名下是两年前的事，因此那存款光本金就有一千五百十二日元，有这个当嫁妆带过

---

① 甲子园球场在大正十三年（1924 年）八月于现在的地址（武库郡鸣尾村，现在的西宫市甲子园一番町）完成。全国高中棒球大赛就在这里举行。职业棒球赛则从昭和十一年（1936 年）开办，当时还没有。

② 阪神电铁直营的游乐场，现在依然存在，就在甲子园南边，昭和四年（1929 年）开设，原名甲子园娱乐场，昭和七年改名。

来，加上每个月还继续有六十三日元的进账，如果把这些存在银行里，累积个十年会是相当一笔财产，这是比什么都有利的着眼好处。

本来她已经是来日无多的老身了，再怎么贪心也没有用，不过没志气的庄造往后要怎么撑下去呢，想到这里就没办法安心瞑目了。因为芦屋的旧国道[①]，自从开了阪急，又建了新国道之后，每年生意越来越差，因此在这种地方开杂货店糊口度日并不理想，如果要动的话这家店非卖掉不可，但卖掉之后，要到哪里去再开始做什么生意，又没什么成功的把握。庄造生来就是个非常温吞的男人，对于贫困倒不觉得苦，可是要他做生意却也难以投入。十三四岁的时候，他一边上夜校一边在西宫的银行当过工友，也在青木的高尔夫球场当过杆童，成年后也当过见习厨师，不过每个地方都待不久，怠惰之间，父亲过世了，于是就当起这家杂货店的老板。其实店里的生意都交给母亲管，总之一个男人家应该去谋个职业的，他却想在国道沿线开一家咖啡厅，于是请舅舅出资，却除了在人家有意见的时候之外，只顾着跟猫玩，或玩台球、弄弄盆栽[②]、或到便宜咖啡店去和女服务生开开玩笑，此外什么工作都想不到要做。就在这样之间，大约头尾四年前，二十六岁时，由榻榻米店的塚本先生做媒之下，娶了在山芦屋[③]一家公馆帮佣的品子，从那时候开

① 连接京都和下关的旧西国街道，一度成为国道，明治二十二年（1889 年）恢复为一般道路，因此称为旧国道。西国街道在芦屋、神户间分成南北两条，依山侧昭和二年（1927 年）成为阪神国道(现为国道 2 号线)，称为新国道。靠海一侧的旧滨街道(现为国道 43 号线)称为旧国道。

② 从江户时代末期开始流行，最盛时期在昭和年间的战前，昭和六年（1931 年）已有二十一册关于盆栽的专门书刊，昭和十六年有五种月刊杂志发行。

③ 芦屋川上游西侧的区域名称。高级住宅区。

始生意变得更加糟糕，每个月为了调头寸搞得焦头烂额。幸亏从父母的一代就住在芦屋，有些长年下来的老顾客，所以暂时还勉强撑得过去，不过一坪十五钱的地租已经滞纳了将近两年，累积到一百二十三日元了，看样子一时还没办法还清。于是，品子决定不要再指望庄造了，不但开始接一些裁缝的工作以补贴家用，还把好不容易辛苦积蓄起来的手工钱拿来采购整批货，在短短的期间就去卖掉那些货。现在居然要把这样的媳妇赶出门去，真是缺乏慈悲心肠，附近邻居的同情都集中在她那边也难怪，但对阿铃来说，眼前的事情重要，已经顾不了其他了，说是她没生孩子倒是个刁难的好借口。而且连福子的父亲也说，这样一来女儿的终身大事就能有着落了，又可以救外甥一家，可以说为双方设想了，给阿铃的设计火上浇油。

因此福子和庄造会在一起，是因为有父亲和阿铃从中撮合不会错，不过就算没有他们，庄造也是谁都会容易喜欢的类型。虽然不是美男子，不过不管年纪多大，都还保留一点孩子气的地方，也许是性情温和吧。以前在当杆童时，到高尔夫球场来的绅士和夫人们也很疼他，逢年过节的礼物领得比谁都要多些，在咖啡厅也特别受到女孩子欢迎，所以学到可以只花一点小钱就可以玩很长时间的要领，也从那里养成了游手好闲的习惯。不过，不管怎么样，阿铃在乎的是，自己花了许多功夫好不容易才娶来，带着丰厚嫁妆进门的新媳妇，可别让没耐心的她又轻易溜走了，自己跟儿子两个人好歹总得小心讨她欢心，猫这种小事情当然一开始就不成问题。不，老实说，阿铃内心里也受不了猫了。本来莉莉这只猫，是庄造从在神户的西餐厅上班那阵子回家时带回来的，因为多了这只猫，屋子里往往弄得很脏。庄造说，这只猫并不粗心大意，要办事情时一定会到粪纸①上去。这点确实令人佩服，就算它正在户外，也会特地跑回来到粪纸上，也因为这样粪纸变得非常臭，那恶臭充满了一屋子。而且屁股边沾着沙子就到处走，所以榻榻米经常变得沙沙的。下雨的日子臭气更是强烈地闷在屋里，格外冲鼻。它还把屋外的泥泞带进来，一屋子到处都留下猫斑斑点点的脚印。庄造还说，这只猫跟人一样会打开门，纸门或拉门，像这样聪明的猫很希奇。不过畜生的肤浅就在于只会开门，却不知道关门，天冷的时候它所经过的地方不得不一一再去帮它关门。那也没关系，可是纸门却因此被它抓得全是破洞，木板门也抓痕累累。还有伤脑筋的是，生食物、熟食物、烤的东西之类的，都不能随便放在外面，稍微疏忽一下立刻就被它吃掉了，所以在备餐的短短时间里，也都必须暂时放进餐橱里或蝇罩②里。不，不，更糟糕的是，这只猫屁股还会收拾干净，嘴巴却收拾不干净，常常会呕吐。这都因为庄造喜欢玩那把戏，喂太多给它吃，终于吃过量的关系，晚饭后矮桌撤掉之后，那一带总是掉了一地的毛，吃到一半的鱼头、鱼尾之类的撒得一地。

品子嫁过来以前，厨房的打理和清扫擦洗，一切都是阿铃的工作，因此为了莉莉真是吃尽了苦头，之所以会忍耐到今天，是因为发生了一件事情。说起来，大约是五六年前，曾经勉强说服庄造，把莉莉送到尼崎一家卖菜的人家去，终于过了一个月，有

---

① 放在家庭室内供猫狗大小便用、装有沙子的箱子。

② 餐桌上用来防苍蝇盖食物的金属网制的通风小纱罩。

一天它忽然跑回到芦屋的家里来。如果是狗的话还不稀奇，但是猫居然能够因为怀念旧主人而走了五六里[①]路跑回来。真是叫人怜爱，所以从此以后不但庄造比以前更加倍疼爱它，连阿铃也果然觉得这猫可怜了吧，或者多少觉得有点可怕，就不再说什么了。然后品子来了之后，因为和福子一样的理由，——这下为了虐待媳妇，莉莉的存在反而给了她方便，所以反而常常对它发出一句温柔的招呼。因此庄造看到连母亲都突然站到福子那边去的样子，还觉得非常意外。

“可是，把莉莉给人的话它又会跑回来哟。毕竟是从尼崎都能回得来的猫啊。”

“真的是这样，不过这次给的不是完全不认识的人，不知道会怎么样？如果回来的话，就再留着它好了。嗯，总之就先给了再看看吧。——”

“噢，怎么办，真伤脑筋。”

庄造连连叹气，还想再黏黏母亲，不过这时候门外响起脚步声，福子已经洗完澡从澡堂回来了。

“塚本君，你知道吧？这个，要尽量轻轻地拿着去哟，不能粗鲁地摇晃，猫也会晕车的。”

“我知道了，不用说那么多遍。”

“还有，这个。”

---

① 此处指日里，1 日里约 3.9 公里。

说着把用报纸卷着的，小小扁扁的包裹拿出来。

“老实说，终于要分别了，我想临出门给它吃一点什么好吃的东西，不过搭车之前让它吃东西，恐怕它会难过得受不了。还有啊，这只猫喜欢吃鸡肉呢，这是我自己去买来的，用水煮过了，等到了那边请你转告她马上弄给它吃好吗?”

“好啊，我会好好的带过去，你就安心吧。——那么，没事了噢。”

“嗯，请等一下。”

说着庄造打开篮子的盖子，再紧紧地把莉莉抱起来一次。

“莉莉。”

一面叫着一面摩擦它的脸颊。

“你呀，过去那边以后要乖乖听话噢。那边的人说，不会像以前那样欺负你了，以后会好好疼爱你，一点都不可怕。听到吗，知道了吧？——”

不喜欢被抱的莉莉，因为抱太紧了所以脚来回挣扎着，不过把它放回篮子里之后，它只顶撞了周围两三次，知道实在没办法出去之后，好像放弃了似的，忽然安静下来，看起来更惹人伤心。

庄造本来想送到国道的巴士招呼站去，不过因为被太太坚决阻止，从今天开始暂时除了去澡堂之外，一步也不可以走出门外，所以当提着篮子的塚本走出去之后，就像泄了气的气球般孤零零地坐在店里。福子禁止他外出的理由是，怕他可能因为太担心莉莉而不知不觉就走到品子家附近去了，事实上，庄造自己也有点这样担心。而且这一对粗心大意的夫妇，在把猫交出去之后才开始逐渐了解品子的真正用心。

原来如此，想用莉莉当诱饵来吸引我靠过去吗？她想如果我在那屋子附近徘徊流连的话，就要逮住我再说服我吗？——庄造试着想到这里，就越发憎恨品子的阴险用心了，而且被当成道具利用的莉莉，命运就更加可怜了。唯一的希望是，但愿它能像上次从尼崎逃回来那样，能从在阪急铁路沿线六甲站的品子家逃回来。其实水灾后工作忙碌的塚本，本来说要晚上来带的，请他改在早上来，也因为心想天亮的时候来带去，可能比较容易记得路，那么也就比较容易逃回来吧，有这样的打算。因为这个，庄造又回想起上次莉莉从尼崎回来那个早晨的事。那是正当仲秋时分，有一天，天色才刚刚蒙蒙亮的时候，正在睡觉的庄造耳边听到熟悉的“喵喵”叫声，醒了过来。那时候还单身的庄造睡在二楼，母亲睡在一楼，因为早晨还早，所以木板套窗还关闭着，可是那“喵喵”的猫叫声却那么近，在睡梦中听起来，觉得实在太像是莉莉的声音了。已经在一个月前送到尼崎去了，现在不可能在这里的，可是越听越觉得像。它啪啪地发出踩在后方屋顶上的声音，来到身边的窗外。庄造急忙跳起来，总之先弄个清楚吧，打开窗户的套窗一看，它就在眼前的屋顶上走来走去，虽然消瘦了许多，却正是莉莉没错。庄造好像不相信自己的眼睛似的，叫一声：

“莉莉。”

于是莉莉也“喵”地回答。

把那大眼睛，睁得大大的，一边欢喜地仰望他，一边走到他站着的窗户扶手下面来，可是庄造伸出手要去抱它时，它身体却躲开，咻一下逃到两三尺外的对面去。不过并不走远。

“莉莉。”

庄造这样叫时，它就一面“喵”，一面靠近来。

想要抓住它，它又滑溜溜地从手上逃脱。

猫的这种习性庄造喜欢得不得了。明明特地跑回来了，一定是非常留恋的，到了这怀念的家，见到好久没见的主人的面了，要去抱它时，却又逃走。这看来既像是对他的宠爱的一种撒娇姿态，又像是有一阵子没见面了不好意思，而有点羞涩的样子。莉莉就这样，每次叫它就回答“喵”，还继续在屋顶上徘徊着。庄造一开始就注意到它消瘦了，不过再仔细看看，比起一个月前不但毛色光泽变差了，脖子周围和尾巴周围也到处沾着泥巴，好些地方还粘着芒草穗。因为听说领养的那家蔬菜店的人也喜欢猫，应该不会遭到虐待才对，所以这显然说明了一只猫要单独从尼崎跋涉回这里，路上的艰辛了。在这样的时刻到达这里，想必昨天整个晚上都在连续走路，而且可能不止一个晚上，而是已经走了好几个晚上又好几个晚上了，也许很多天前就逃出蔬菜店，到处迷路后，才终于好不容易回到这里来的。从它身上的草穗就可以知道，它并不是沿着有人家的街道直线回来的。而且，猫是很怕冷的，早晚的风寒它是怎么忍受过来的呢？何况现在是雨势不小的秋季阵雨季节，想必被雨淋了钻进草丛里去避雨，被狗追着逃到田里躲藏吧。一路上有一顿没一顿的饿着肚皮继续走回来的。想到这里，真想赶快抱起来抚摸它，好几次从窗里伸出手去，不久莉莉才羞涩地渐渐靠近来摩擦他的身体，任主人摆布了。

后来打听之下才知道，那时候的莉莉，是在一星期左右以前从尼崎那边失踪的。现在庄造还忘不了，那天早晨它的叫声和脸上的表情。不只这样，关于这只猫还有其他几个故事，各种时候的各种表情，各种声音，都还留在他的记忆中。例如，庄造第一次把这只猫从神户带回来的那天的事，他就记得很清楚。那是他从最后上班的神港轩请假回芦屋的时候，因此是他正好二十岁那年，也就是父亲死去的那年，七七四十九天的时候。在那之前，他也养过一次三花猫，死掉以后，也在他当见习厨师的餐厅里养过叫做“小黑”的纯黑雄猫，进出那家餐厅的肉店老板说有一只欧洲种很可爱的、才刚生下三个月的小母猫要送他，那就是莉莉。所以请假的时候把小黑留在店里，却舍不得放下小猫，于是和行李放在一起，麻烦人家放在商店的小拖车角落上，运回芦屋家里。

听肉店老板说，英国人把这种毛色的猫称为玳瑁猫，全身茶色，带有鲜明的黑色斑点，光泽亮丽，果然像磨亮的鳖甲表面一样。不管怎么样，庄造都从来没有养过毛色这么漂亮，又这么可爱的猫。说起来欧洲种的猫，肩膀线条不像日本猫那样像在生气的样子，所以就像欣赏溜肩美人般，感觉好舒服，好优雅。日本种猫的脸形一般说来比较长，眼睛下面会凹陷下去，或颊骨突出来。但莉莉的脸形则比较短而紧凑，就好像倒立的蛤蜊形状那样，在明确的轮廓中，长着出色美丽的金色大眼睛，和神经质爱煽动的鼻子。不过庄造最被这只猫吸引的，不是毛色长相身材体态。如果光从外形来说的话，庄造也知道有更漂亮的波斯猫和暹罗猫，不过莉莉的个性真可爱。刚带到芦屋来的时候，真的非常小，小到可以放在掌心上，调皮捣蛋爱撒野，十足像个七八岁小女孩一样，——感觉就像爱恶作剧的，小学一二年级左右的女孩。而且它比现在轻巧，吃东西的时候，拿起那食物在它头上招一招时，它可以跳到三四尺高。如果坐着拿给它的话，它会立刻跳起来抓住，所以常常正在吃饭的时候他都不得不站起来。他就是在那时候教会莉莉这种把戏的。不过把筷子夹的东西，高高拿到三尺、四尺、五尺之高，每次在它跳到之后，就提得更高。最后会跳到和服的膝盖上，再沿着胸前、肩上轻巧灵活地爬上去，像老鼠爬过梁柱般，经过手臂爬到筷子尖端去。有时还跳到店里的窗帘上，连滚带爬接近天花板，从一头爬到另一头，再抓住窗帘溜下来，——这种动作就像水车般反复转着。而且，这种从幼小时就非常鲜明的表情，眼睛、嘴巴、小鼻子的运动，或呼吸等，心情变化的表现，跟人完全没有差别。其中尤其是那对滴溜溜的大眼珠，经常都那么灵活地不停转动。撒娇的时候，调皮的时候，想抓目标的时候，任何时候都不失可爱。最可笑的是生气的时候，虽然身体小巧，毕竟还是做出猫的样子，背弓起、毛倒立，一面把尾巴咚地翘高，一面脚挺直使劲瞪人，那副模样，说起来就像小孩在学大人一样，谁看了都会开心地笑出来。

庄造还记得，莉莉第一次生产的时候，那种像在对你倾诉似的温柔眼神，真是无法忘记。那是带回到芦屋后大约过了半年左右的时候，有一天早晨，发现要生产之后就一面喵喵地叫着一面追在他后面走，于是庄造用装汽水瓶的空纸箱铺上旧椅垫放进壁橱里面，把它抱进去后，暂时待在纸箱里一会儿，又立刻打开纸门跑出来，又一面叫着一面追着人过来。那叫声是他从来没有听过的声音。虽然同样是叫着“喵”，不过那“喵”之中，却含有过去所没有的异样的意思。如果试着说说看的话，听起来就像在说——“哎哟怎么办才好嘛，怎么忽然觉得身体好像怪怪的，有一种要发生不可思议事情的预感，这种感觉我还从来没有过，唉，这到底是怎么回事？好担心，会不会怎么样呢？”不过庄造告诉它说：

“不用担心。等过一会儿，你就要当妈妈了噢……”

说着一面抚摸它的头，于是它把前脚搭到他的膝头上来，缠着他，一面“喵”，好像拼命想理解他的话似的，眼珠滴溜溜地转着。于是他再一次把它抱进壁橱里去，放进纸箱里。

“乖乖，待在这里不要动噢。不可以再跑出来哟。好不好？听懂了没有?”

这样平心静气地说给它听之后，把门拉上正要走开时，“等一下，请留在那里。”它好像这样说似的，又“喵”地悲切地叫着。

庄造也就被那声音绊住了，把门打开一个小缝窥探一下，它在堆满着行李啦、布包袱等种种东西的壁橱里，最靠里面的纸箱中探出头来，“喵”地叫一声看着这边。虽然是畜牲，但那眼神却多么充满情感哪，那时候庄造这样想。真的，说起来好像很不可思议，不过在壁橱的阴暗中，那一闪一闪的眼睛，已经不是那个调皮捣蛋的小猫的眼睛了，现在这个瞬间，已经变成一个说不出有多妩媚、多性感、多哀愁的，一个成熟雌性的眼睛了。他没看过人类的女人生产，不过如果那女人是年轻美丽的女人的话，一定也会像这样，以一副又怨恨又悲切的眼神，在呼唤着丈夫。他几次关上纸门要走开，又回过头来探看一下，每次莉莉也都从纸箱探出头来，就像小孩在说“不在不在啦”似的看着这边。

就这样，这已经是十年前的事了。而且品子嫁过来已经四年，所以在那以前有六年时间，庄造住在芦屋家的二楼，除了母亲之外就只有这只猫陪伴着过日子。关于这点不了解猫性情的人会说，猫比狗薄情，或不爱理人，或利己主义之类的，他听了之后心里总会想到，没经历过像自己这样长时间和猫单独相处的生活，怎么能够了解猫的可爱呢。要说为什么吗？因为猫这种东西总有几分羞涩的地方，所以看到第三者在场时，不但绝对不会对主人撒娇，反而会装成怪生疏的模样。莉莉看到母亲的时候，你就是叫它也装成没听见的样子，甚至还会逃开，可是你跟它面对面的时候，不用叫它都会自己跑到你膝头上来，讨好你。它常常把额头凑到庄造的脸上，整个头使劲地摩擦。一面这样，一面把沙沙的舌尖，往他脸颊、下巴、鼻头、嘴巴周围，不管哪里都一个劲地舔个没完。夜晚一定睡在庄造身旁，到了早晨还把他叫醒，而且是在他脸上到处舔地把他舔醒。天冷的时候，会在棉被的领口处钻动，从枕头边钻进来，在找到一个适合它睡的缝隙之前，一下爬到他怀里看看，一下爬到他大腿间看看，或绕到他背后看看，终于在一个地方安定下来之后，如果情况不好又会立刻重新改变姿势和位置。结果它把头枕在庄造的手臂上，脸靠在他胸前，好像面对面睡是最舒服似的，如果庄造身体稍微动一下，它发现姿势改变了，就会再摆动身体，寻找另一个合适的空隙。所以庄造在它钻进来之后，就不得不把一边的手臂伸出来让它当枕头，尽量让身体不动地乖乖睡。这时候，他会用另外一只手，在猫最喜欢的地方，就是在它的颈子部分，抚摸它，莉莉马上就会发出咕噜咕噜的声音。而且猫也会咬咬他的手指，用爪子抓抓他，流流口水之类的，这是它兴奋时的动作。

这么说来，有一次庄造在棉被里放屁，正在那棉被上的边缘睡着的莉莉，吓了一跳醒过来，可能以为有什么发出奇怪声音的怪物躲着吧，以一副怀疑的眼光，急忙开始在棉被里寻找。又有时候，它不要抱却勉强去抱它时，它会从手上脱逃，沿着你身体往下跳的那一瞬间，放出非常臭的屁，正往庄造脸上冲来。那时正好吃过饭，刚刚吃过盛餐，胀得快爆炸的莉莉的肚子，偶然被庄造的双手压到。而且运气不好，它的肛门刚好就在他脸的正下方，所以从肠子出来的气体就直线喷上来，那臭气之臭，再怎么喜欢猫的人，那时候也不禁“哇”地大叫，赶快把它放下。所谓鼬鼠放的最后的屁可能也像这么臭吧，那真是执拗而徘徊不散的臭气，一旦沾上鼻尖，之后不管怎么擦怎么洗，用肥皂搓啊擦的，那一整天都没办法去掉。

为了莉莉和品子吵架时，庄造经常会说“我跟莉莉是能互相闻臭屁的交情啊”之类的，故意惹她讨厌。不过一起生活了十年之久，就算只是一只猫，因为因缘很深，想来也不是不能说比福子和品子更亲密。事实上和品子结缘虽然前后四年，实际上共同生活才满两年半左右，福子现在算来，进门也才一个月而已。这样看来长年累月一起共度的莉莉，因为密切伴随着各种场合的回忆，换句话说，莉莉的存在等于庄造过去的一部分。所以事到如今，要庄造放开莉莉，会难过也是理所当然的人之常情吧。要说这是过于好事，或爱猫爱疯了什么的，把这说成非常不合常理的事，实在没有道理。而且在福子的迫害和母亲的说教下，自己竟然脆弱地屈服了，把重要的朋友就这样轻易交到别人手中，对于自己的软弱和窝囊，庄造开始痛恨起来。为什么自己不能更诚实地，像个男子汉地，试着把道理说出来呢？为什么对太太对母亲，都没有更强硬地坚持下去呢？就算这样做了，最后也许还是失败，也许会看到同样的结果，不过没经过像这样的一番反抗，对莉莉再怎么说都不够义气。

如果莉莉在送到尼崎时就一去不回的话呢？——那时候，他也一度同意后才让给别人家的，所以已经干脆地放弃了。可是那个早晨，听到它在铁皮屋顶上叫后，终于抱起它，一面厮磨脸颊一面拥抱的瞬间，他曾在心里发誓，啊，让它这样好可怜，我真是个残忍的主人，以后不管发生什么事都不再给任何人了，到死都要留它在这里，感觉跟莉莉也坚定地约定过了。结果这次，又要那样把它赶出门去，真是非常薄情、残酷的事情，这种感觉涌上心头。更可怜的是，这两三年来莉莉已经开始上年纪了，身体的举止动作，眼睛的表情，毛色的光泽等，老衰的样子已经清清楚楚显而易见了。真是的，这也难怪，庄造用手推车载着它带回这里时，他自己也还只不过是个二十岁的青年，明年他就快三十岁了。何况以猫的寿命来说，十年的岁月，可能相当于人类的五六十年吧。这样算来，不复当年的元气也是当然的了。爬到窗帘顶上像走钢索般表演轻功的小猫动作，好像是昨天的事还留在眼里，但庄造看到今天腰部已经瘦掉一圈，头低低垂着，一面摇摇摆摆小步走着的莉莉，感觉诸行无常的道理就摆在眼前，心情开始变得说不出的悲哀。

有许多事实可以证明它已经多么衰弱了，例如跳高姿势变不行了也是一个例子。还是小猫的时候，实际上可以泼剌剌跳到大约庄造的身高那么高，丝毫不差地捉到鱼饵。而且不一定限于吃东西的时候，任何时候，拿出任何东西亮给它看，它都会立刻跳起来。可是年纪大了之后，跳起来的次数越来越少，高度也越来越低。最近，空肚子时给它东西看，它还要确定一下那是不是自己喜欢的东西，如果是的话才肯跳起来，而且要拿到它头上一尺左右的低空才可以。如果比这高的话，它宁可放弃跳，不是爬到庄造的身上去，就是连爬都没力气时，只是翕动鼻头，露出特有的哀伤眼神仰望着他的脸。“嘿，请可怜可怜我吧。其实我肚子已经饿得不得了，所以很想跳起来抓那饵的，可是再怎么说也已经是这把岁数了，实在已经不能像以前那样了。唉，拜托你，别再折腾我了，快点丢给我吧！”——好像完全看准了主人软弱的个性似的，用眼睛诉说。即使品子用这样悲哀的眼神看他，也不会让他心动，但不知道为什么莉莉的眼神却不可思议地会让他感觉无比心疼。

小猫的时候那样快活、那样可爱的眼睛，曾几何时开始带着悲哀神色的呢？说起来还是从初产的时候开始的。从那壁橱里的汽水纸箱伸出头来无助地望着他时，——从那时候它的眼神就开始带上哀愁的阴影了，后来它一天天衰老，那哀愁也就越来越浓重起来。因此，庄造有时候会一面注视着莉莉的眼睛，一面想到，再怎么伶俐也不过是一只小小的兽类而已，为什么能有如此通人性的眼光呢？是不是真的想到什么悲哀的事呢？以前养过的三花猫和小黑，也许比较笨吧，就从来没有过这样悲哀的眼神。话虽这么说，莉莉的个性并不特别阴郁。小时候非常调皮捣蛋，当了母亲之后，也很会打架，算是活泼粗野的。只有在向庄造撒娇，或无聊地躺着晒太阳时，那眼神才充满深深的忧伤，甚至像浮出泪水般，带着湿润的光泽。虽然那时妩媚的感觉更强烈，不过随着年龄的增加，滴溜溜的眼珠也蒙上阴影，眼角开始积有眼屎，看起来都像带刺一般，显示出露骨的哀伤。不过，这或许不是它本来的眼神，而是因为出身和环境感化了它也不一定，人类遇到不幸的遭遇，长相和个性都会改变，所以猫也难说不会这样，——这么一想，庄造更觉得对不起莉莉了。怎么说呢，因为这十年以来，虽然尽量疼爱它，不过经常都只有他们两个人，让它生活过得寂寞又心虚。因为把它带来的时候，是只有母亲和庄造，一母一子的时代，并不能像在神港轩的餐厅厨房那样热闹。带回来以后母亲嫌它麻烦，所以儿子和猫就不得不在二楼静悄悄地过着。这样送走了六年的岁月之后，品子嫁过来，但结果，又被这新的入侵者当作碍事的东西对待，让莉莉更觉得自己难以容身。

不，觉得更对不起它的是，至少如果能把小猫留下来，让它养育的话也还好，可是小猫生下来以后，却赶快找到领养的人家分送出去，家里采取一只也不留的方针。偏偏它又很会生。外面的猫生两次的期间，它就生了三次。虽然不知道对方是哪里的猫，不过生出来的小猫是混血儿，还具备几分玳瑁猫的模样，所以想要的人还算多，有时候也不免悄悄带到海岸边去，或芦屋川的堤防松树下丢掉。不用说这是为了顾虑到母亲的关系，庄造自己也觉得，莉莉之所以会早衰，可能多产也是原因之一，所以如果无法让它停止怀孕，至少让它少喂奶也好，于是做了这样的处理。实际上它每生产一次就眼看着衰老下去。庄造每次看到它挺着那袋鼠般隆起的肚子，露出哀伤的眼神时，就会以同情的口气说：

“傻瓜，这样一次又一次的大肚子，不久就要变成老太婆了。”

如果是雄的话，还可以去势，雌的据说比较难做手术。

“那么，要不要让它照 X 光?”

庄造曾经这样说，而被兽医笑话过。不过就庄造来说，不管说什么做什么都是为它设想的，出发点并不是基于不慈悲，不过再怎么说，把肉亲从身边夺走，总是让它感到寂寞，变成形单影只，倒是不可否认的事实。

这样细细数来，他觉得自己也给莉莉带来许多“辛劳”。他自己虽然从它那里获得许多安慰，相对地，莉莉却一点也没有得到快乐的样子。尤其这一两年，由于夫妇的不和，加上生计的困难，家中始终争吵不休，莉莉也被卷进来，左右为难，不知如何是好，感觉无处容身，狼狈不堪。母亲到今津的福子家去，要人去接她回来，而把庄造叫出去时，品子还没怎么样，反而是莉莉先在他的衣角边缠着他，用那哀伤的眼神挽留他。虽然如此他还是不顾一切地出门，它会像狗一样从后面追上来，跟着他一丁[①]两丁都还跟着。所以庄造还不担心品子，反而担心它，会尽量早一点回来。有时住了两三天才回来时，不知道是心理作用还是怎么样，觉得它的眼神中更增添几分阴影。

这只猫也许来日不多了——最近他常常会有这样的预感，也做过不止一两次这样的梦。在梦中，庄造落入仿佛死了亲兄弟般的悲伤中，泪流满面，如果莉莉真的死了的话，他觉得他的悲叹程度恐怕不会比梦中差多少。就这样从一件事想到另一件事之间，更觉得这样轻易就乖乖答应把它让给人家，实在真后悔。他再一次感觉到自己的无情，开始生起自己的气来。而且一直觉得它那眼神，一定躲在哪个角落里怀恨地盯着这边吧。虽然现在后悔也来不及了，不过，总想到自己怎么这么残酷，把那么衰老的猫赶出门？为什么不能让它死在这个家里呢？……

"你知道，品子为什么想要这只猫，原因在哪里吗？——"

那天傍晚，破例静悄悄的面对矮餐桌时，福子一面看着正无精打采地舔着酒杯边缘的丈夫，一面以不好意思的口气这样说。

"谁知道为什么呢。"

① 1 丁约 109 米。

庄造有点装傻。

“把莉莉放在自己家里的话，猜想你一定会去看猫吧。你说，对吗？”

“怎么可能呢，我才不会去做那么傻的事情……”

“一定是这样不会错。我今天才好不容易想到呢。你可不要中了她的计哟。”

“知道了，谁会中计呀。”

“一定噢。”

“哼。”

庄造嗤之以鼻地笑着说，

“这种事还需要你吩咐吗？”

说着又开始舔起杯子。

今天很忙，所以我不上去就直接回去了噢，说着，塚本把篮子放在玄关前，人就走掉了。品子提起那篮子走上狭小而陡峭的楼梯，进入二楼她现在自己住的四席半榻榻米的房间。并且，把出入口的纸门啦、玻璃窗全都关紧之后，才把篮子放在房间正中央，打开盖子。

很奇怪，莉莉在狭窄的篮子里，并没有立刻要出来的样子，只有头好像感觉很不可思议似的伸出来环视着室内一会儿。然后才终于，以缓慢的步调走出来，就像这种场合多数猫会做的那样，一面煽动鼻头一面开始在整个房间里到处嗅着味道。品子试着叫了两三次：

"莉莉——"

它也只是冷淡地朝她这边瞄一眼而已，就先到出入口和壁橱的门槛边去嗅一嗅味道，接着又到窗边去，嗅一嗅每扇玻璃窗，最后把针线盒、座垫、尺、缝到一半的衣服之类，所有的东西全都一一仔细地嗅一圈。品子想起刚才塚本交给她的用报纸包着的鸡肉，就把那纸包放在它会经过的路上试试看，它好像没有什么兴趣的样子，只是嗅了一嗅而已，就不再看了。然后，又啪嗒啪嗒地，在榻榻米上发出无意义的脚步声，在室内搜查一遍之后，又再一次回到出入口的纸门前，想用前脚去开门。

"莉莉呀，你从今天开始已经变成我的猫了。不可以再到任何地方去了噢。"

品子说着就把出路挡住了，没办法莉莉只好又啪嗒啪嗒地绕着走，这次走到北侧的窗户边去，爬上高低合适的装碎布的小箱子上去，一面伸直背一面眺望玻璃窗外。

九月也只到昨天为止，已经是真正进入秋天的晴朗早晨了，吹起带着点凉意的风，耸立在后面空地的五六棵白桦树叶子正白白的闪烁着，后方看得见摩耶山①和六甲山②的山顶。这和从芦屋的二楼所看到房子盖得更密集的景色，虽然相当不同，不过莉莉到底是以什么样的心情在看着呢。品子不禁想起，以前常常和这只猫两个被单独留在家里的情景。庄造和母亲，都到今津去不回来，所以她一个人正在用筷子扒着茶泡饭时，莉莉听到那声音走过来。啊，对

---

① 六甲连山西部海拔 699 米的山。

② 六甲山位于神户市、芦屋市、西宫市的北边，东西连绵 30 公里的六甲连山的最高峰，海拔 931 米。

了，我忘记喂它吃，肚子一定很饿了吧，毕竟觉得可怜，于是品子在剩饭上面放一点做汤料的小鱼，也许因为已经习惯了奢侈食物吧，莉莉并没有露出欢喜的神色，只意思意思地吃了一点而已，终于惹火了她，好不容易生出来的怜爱心情也随着烟消雾散了。夜晚把丈夫的床铺好，等一个还不知道会回来还是不回来的人也真寂寞，看到莉莉毫不客气就一屁股躺在那床上，优哉优哉地伸着脚，实在可恨，看它正准备要睡了，却把它打起来赶出去。就那样，品子常常把这只猫当出气筒，不过会再度像这样住在一起，应该说也是一种缘分吧。品子自从自己被赶出芦屋的家，开始在这二楼安定下来后，曾经一面从那扇朝北的窗户眺望山的方向时，一面想念起丈夫，所以现在莉莉这样望着窗外的心情，她仿佛也可以模糊地理解似的，眼角忽然一阵热起来。

“莉莉呀。来，到这边来，吃吃这个吧。——”

她终于把壁橱的纸门拉开，把预先准备好的东西拿出来说。因为她昨天收到塚本的明信片，为了款待这位终于要被带到这里来的贵客，今天早晨还特地比平常早起，到牧场去买了牛奶回来，又把盘子碗准备齐全，——还想到这位贵客需要用到粪纸，昨天夜里就慌慌张张地去买了素烧的平底砂锅来，这还好，可是没有沙子却伤脑筋了，还从五六丁前面一个施工中的工地，人家用来搅拌水泥用的沙子，趁夜摸黑偷了些来，连这些东西一起悄悄收藏在壁橱里面。品子把牛奶，和上面洒了柴鱼片的饭盘，斑驳褪色、边缘有点缺口的碗拿出来，把瓶子里的牛奶倒到碗里，房间正中央铺上报纸。然后把礼物纸包打开，把水煮的鸡肉和竹笋皮包的好吃东西排在一起。然后一面继续叫着“莉莉呀、莉莉呀”，一面叮叮当当地敲着盘子和瓶子，莉莉却装成一副根本没听见的样子，还紧紧趴在玻璃窗边。

“莉莉呀。”

她急躁起来叫着。

“你为什么老是望着外面？肚子不饿吗？”

刚才听塚本说，庄造担心它会晕车，所以据说早上没给它吃早餐，应该会不得不叫着肚子饿才对呀，本来一听到盘子碗敲响的声音就会立刻飞奔过来的，现在那声音却听不进它的耳里，甚至不感觉饿，难道一心一意只想从这里逃回去吗？她以前也听说过这只猫曾经从尼崎跑回来的事，所以暂时要盯紧它不能大意。虽然已经有这样的觉悟，不过只要它肯吃东西，会在粪纸上小便就没问题了，所以才拜托人家的，没想到刚刚才来就这副德行，令人觉得她会立刻逃走的样子。而且明知道驯养动物，不可以像她这样性急，却想看看它正在吃东西的样子，而勉强把它从窗户边拉开，抱到房间正中央，把它的鼻子轮流凑近每一种食物上面，莉莉的脚挣扎着，爪子竖立起来抓着，没办法只好放它下来，于是它又跑回窗户边去，爬到小碎布箱子上。

“莉莉呀，你看，看看这边。这里有你最爱吃的东西，你不知道这是什么吗？”

品子也固执地追上去，一面把鸡肉啦、牛奶啦，执拗地拿着跟过去，贴着它鼻子让它闻，但只有今天，连它最喜欢的东西的气味也引诱不了它。

这并不是被放到完全不认识的人家，她们两个前后跨越四个年头同住在一个屋檐下，吃同一锅饭，有时候正被一起留下来看家达三四天，交情不浅，这样未免太不把人放在眼里了。或者被我虐待过的事到现在还记在心里，那么这畜牲也未免太任性了，真叫人冒火。不过现在如果被这只猫逃走的话，不但好不容易才想到的计划就要泡汤，而且让芦屋那边看到了一定更会拍手偷笑。这下子只好比一比耐性，等它回心转意，没有别的办法。真是的，我只要这样把食物和粪纸放在它眼前，不管它个性多刚强，最后总会肚子饿起来不得不吃吧，小便也不能一直忍着不尿吧，这件事情先放在一边，今天我还很忙，答应人家今天晚上以前要完成的工作，从早上到现在还没动手做。品子转念在针线盒旁边坐下来。然后拿起男人穿的铭仙[①]棉袄来，开始一针一针地快速缝起来，缝不到一个小时之间，很快又开始担心起来，时不时地注意看看它的样子，莉莉终于走到房间的角落去，紧紧挨着墙壁蹲着，身体动也不再动一下了。这完全因为，虽然是畜牲，也觉悟到无路可逃了，于是放弃地闭上眼睛了吗？如果是人的话，也许会因为重大的悲哀而封闭自己，更抛弃一切希望，到了准备一死了之的地步吧。品子觉得有一点害怕，为了确定它到底是不是还活着，悄悄地走到它旁边去，抱起来看看，检查一下呼吸，碰碰看，不管做什么它都不抵抗，而是像鲍鱼的肉一样全身紧缩、僵硬，手指都可以感觉得到。唉，真是的，个性好刚强的猫啊。就这样，不知道什么时候才会变得温顺亲近呢。不过，或许是故意这样做，就等我这边疏忽也不一定。现在看起来，好像放弃逃跑了似的，不过因为是能够打得开沉重木板门的猫，所以如果不小心离开房间的话，转眼之间就会不见踪影也不

① 绢织品的一种，便宜而耐穿。

一定。想到这里，她顾不得其他事，连去吃饭去上厕所都顾不上了。

中午，妹妹初子叫着，

“姊姊，吃饭了。”

声音从楼下传上来。

“知道了。”

品子站起来之后，在房间里徘徊了一下。然后终于，把三条毛线腰带接起来，从莉莉的肩膀到腋下，斜绑十字结，注意不要绑太紧，也不能绑太松免得脱落，小心地重新绑了好几次，在背上打了结实的结。然后拉着那绳结的另一端，又在房间里绕来绕去，最后才把绳子绑在从天花板垂下来的电灯的电线上，才好不容易安心地下楼去。不过，用餐的时候也不放心，所以只随便吃一下就上楼去看，莉莉被绑着依然躲在角落里，身体好像比刚才缩得更小了。她想，自己干脆不在也许好一点，暂时让它单独在那里，在那之间也许会吃吃东西，会排便也不一定，这样期待着，但是当然并没有这种形迹。她“嗟”地咋一下舌，一面恨恨地瞪着现在正空虚地被放在房间正中央的美食盘子，和沙子一点也没弄湿的清洁粪纸，一面在针线盒旁边坐下来。啊，对了，才想到，把它绑这么久太可怜了，品子又站起来，去为它解开绳子，顺便抚摸看看，抱一抱看看，明知道不行还是试着哄它吃东西，又把粪纸的位置改变一下，这样重复做好几次之间天开始暗下来了，傍晚六点左右，楼下初子又再通知吃晚饭了，于是再拿着绳子站起来。就这样，她那天一整天都在关注猫的动静，缝衣服的工作没有完成，秋天的长夜已经夜深了。

时钟敲了十一点时，品子整理过房间之后，再一次把莉莉绑起来，让它睡在铺了双层的座垫上，把饭和粪纸帮它排在靠近身边的地方。然后铺开自己的床垫，把电灯熄掉准备就寝，至少到早晨为止，牛奶或鸡肉或什么都可以，起码能吃一样也好。如果明天早晨睁开眼睛时，那盘子变空了，而且粪纸也湿了的话，品子不知道会有多高兴。想到这些，她却变得更清醒，居然睡不着，莉莉不知道会不会打鼾，她在黑暗中侧耳倾听着，却静悄悄的一点声音也没有。因为实在太安静了不放心，头从枕头上抬起来看看，窗户的方向稍微有点模糊的光亮，不过莉莉应该在的角落却不巧黑漆漆的什么也看不见。品子忽然想起来，伸出手探索着头上，抓住从天花板斜斜挂下来的电线绳子，拉近来时，看角落里，没问题，还有东西在。不过为了慎重起见，打开灯看看，果然在是还在，不过，那赌气似的缩成一团，弓着身体的姿势，和白天一点也没有改变，食物和粪纸也完全没动，品子于是失望地关掉电灯。不久后才终于开始迷迷糊糊地睡一下，不久醒过来时，不知不觉已经天亮了，看了一下粪纸的沙上落有大块的粪便，牛奶的盘子和饭盘都吃得光光的，心想好极了，原来那只是一场梦。

不过，要驯服一只猫，难道是这么困难的事情吗？还是莉莉这只猫个性特别刚强呢？如果这还是一只天真无邪的小猫的话，应该没话说，很容易就驯服了，可是像这样的老猫，才抱过来，就像人一样，把它带到习惯和环境不同的地方来，可能打击非常大也说不定。甚至可能因此而死掉也不一定。品子本来心里有打算，才会把原来不喜欢的猫领过来养，不知道会这么麻烦，换句话说因为以前是敌对的关系，连夜晚都无法好好安心睡觉，想到现在这么辛苦的前因后果时，不可思议的是她并没有生气，只觉得猫很可怜，自己也很可怜。试想一想，自己刚从芦屋家里出来的时候，初到这里的二楼，一个人垂头丧气伤心得不得了，在妹妹夫妇没看见的时候，不是每天每夜都在哭吗？自己也一样有两三天什么都打不起精神来做，也吃不下什么东西，不是吗？这样想起来，莉莉会想念芦屋也是理所当然的了。因为庄造这样疼爱它，如果没有这一点情分的话，就太不知恩了。何况年纪这么大了，被赶出住惯的家，被送到讨厌的人家里来，不知道有多难过。如果真的要驯服莉莉的话，就要体察它的心情，最重要的是要朝让它感到安心和信赖的方向努力才行。心里充满悲哀感情的时候，还勉强人家吃东西，任谁都会生气吧。可是自己居然说："不想吃的话，就小便吧。"还把粪纸推到它前面。这样做未免太自以为是，太粗心了。不，这还算好，更糟糕的是还把它绑起来。如果要对方信任你，就必须先信任对方。那样做只有让它更感觉害怕而已。再怎么说是猫，被绑起来怎么会有食欲呢，小便也会出不来吧。

第二天开始，品子已经不再绑它了，如果要逃走的话就逃吧，这也是没办法的事，她心里这样笃定了。而且每五分钟或十分钟，就像要测试它似的，把它单独留下来，自己离开房间一下看看，莉莉虽然还刚强地缩着身体，不过情况还算顺利，没看到它想逃走的样子。品子不该因此忽然放松了戒心，吃中饭的时候，心想今天要慢慢吃吧，就在楼下待了三十分钟左右，二楼好像不知道什么东西，发出卡镪的声音，赶快上楼去看看，纸门拉开五寸左右。莉莉大概从那里走出走廊去，穿过南边六席榻榻米的房间，从不巧正开着的窗户跳到屋顶上去了吧，屋子里已经不见它的踪影了。

“莉莉呀……”

她好想大声呼叫，却终于没有叫出声来。那样辛辛苦苦的空忙一场，忽然都失去意义，终究还是让它给逃走了吗？想到这里她已经失去追回的力气了，反而觉得松一口气，像放下沉重的担子似的。反正自己也不擅长驯养动物，所以早晚总会被它逃走的，那么早一点走掉或许更好也不一定。这样一来反而落得轻松，从今天开始又可以顺利做针线活，夜晚也可以好好睡觉了吧。虽然如此，她还是走出后面的空地去，一面到处拨开杂草，一面试着叫了一会儿，

“莉莉呀，莉莉呀。”

明知道这时候它应该不会还留在这里磨蹭闲逛的。

莉莉逃走之后，当天晚上，第二天晚上，和接下来的晚上，品子哪里能够安心睡得着呢？她变得几乎完全睡不着。难道是因为她的神经质吗？才二十六岁，却睡得很浅，从当女佣那时候开始就有这种毛病，一有什么事就会睡不着，这次搬到这二楼来以后，也许因为换了床的关系，持续很长一段时间晚上几乎只能实际睡三四个小时而已，好不容易十天前才开始睡得好一点了。可是从那天晚上开始，不知道为什么又睡不好了。她每次持续长时间赶工时，肩膀就会立刻僵硬酸痛起来，或是整个人兴奋起来，上次为了弥补因为莉莉而落后进度的缝纫工作，可能做得认真过度了吧。而且本来她就有冷寒的体质，才十月初脚就差不多要开始冷冰冰了，即使盖棉被也不容易温暖起来。她会被丈夫疏远，最初也是因为这个，她忽

然记起这件事来，而且现在仔细思量，完全就是因为自己的冷寒体质引起的。睡性非常好的庄造，盖起棉被只要五分钟就睡着了，这时候突然被冰一般冷的脚碰触到而醒过来，实在受不了，就说你到那边去睡吧。因为这件事，他们终于开始分床睡，天冷的时候也常为了热水袋的事情吵架。为什么呢？庄造和她相反，体质属于比别人更怕热的。尤其是脚常常会热，甚至冬天都必须把脚指头伸出棉被外一点，否则睡不着。所以他不喜欢在棉被里放热水袋暖身体，连五分钟都受不了。当然这并不是酿成夫妻不和的根本原因，不过这种体质上的差异却被他拿来当借口，两人渐渐养成各自独睡的习惯了。

她右边的脖子到肩膀一带有一个硬疙瘩非常紧绷，常常需要揉一揉，或转过身换一边来靠枕头。每年从夏天到入秋，季节转换的时候，右下方的蛀牙就痛得伤脑筋，从昨天开始晚上好像又有点隐隐作痛。这么说来，六甲这地方，据说从现在开始到入冬时节，每年都会吹起落山风，比芦屋地方更加严寒，最近夜里气温已经降得很低，所以虽然同样属于大阪神户之间，却觉得好像来到遥远的山地似的。她身体缩得像虾子一样，快要没感觉的两只脚自己互相摩擦着。住在芦屋的时代，一到十月底，就算跟丈夫吵架也要放热水袋睡觉，看这样子，今年也许不用等到那个时候了……

知道自己睡不着，她干脆放弃了，打开电灯，翻开向妹妹借来的上个月的《主妇之友》[①]，一面侧身躺着一面开始读起来，正好是半

---

① 大正六年（1917 年）创刊的大众妇女杂志。昭和十六年（1941 年）每月发行量就曾经达到 160 万册的惊人数量。

夜的一点钟，过不久，嚓嚓的声音由远处渐渐靠近来，嚓嚓地通过后又立刻离去。噢，是秋天的阵雨吧，她才这样想时，嚓嚓声又过来了，通过屋顶的时候，落下啪啦啪啦的稀疏声响，又蹑手蹑脚地悄悄消失而去。过一会儿，又嚓嚓地过来。听到这声音，品子想到莉莉这时候不知道身在哪里，如果是回到芦屋了倒还好，如果没回去，却在途中迷路的话，这样的夜晚一定会被雨淋湿。老实说，还没有告诉塚本说它逃走的事，从那天到现在，一直为这件事情伤脑筋。以她来说当然知道应该要早点告诉人家才算周到，不过想到可能会被奚落“不是我说大话，早就回来了，所以请安心吧，没问题，给你添了许多麻烦，以后就不再需要了吧”，品子会很恼火，终于一延再延，都还没说。不过如果已经回去了，应该不必等这边通知，那边就可能会先打招呼了，品子却没听说什么，看样子莉莉也许还流落在什么地方。从尼崎回来的那次，据说是在失踪的一星期后回来的，这次没有那么远，而且才在三天前走过的路，所以应该不至于迷路才对。只是最近莉莉年老糊涂起来了，感觉没有当时敏锐，动作也变迟钝了，所以本来只要花三天的路却需要走四天也不一定。就算是这样，也许明天或后天就可以平安回到家了。那么那两个人不知道会多高兴，多么顺心如意。连塚本也会一起高兴地说：“看吧，那个女人不但被丈夫抛弃，连猫都要抛弃她。”不，不，连楼下的妹妹夫妇可能内心也这么想。世间的人一定也都在把她当笑话。

这时候，秋雨又在屋顶上落下，一阵啪啦啪啦的声音之后，玻璃窗上，有东西啪嗒地碰撞的声响。起风了吗？啊，真讨厌，她正在这样想着时，说是风却过于沉重的东西，接连啪嗒、啪嗒地敲着玻璃，又听到轻轻的“喵”的声音，不知道从哪里传来。现在这种时刻，怎么会有这样的事情……她一面怦然心跳一下，心想可能是自己心理作用吧，再侧耳倾听，果然有“喵”的叫着。而且接着，又传来那啪嗒的声音。她连忙慌张地跳起来，打开窗帘一看。这次是清楚的“喵”声从玻璃窗外传进来，随着啪嗒的声音，一个黑色的影子很快掠过。唉呀，原来是这样啊，——这声音她果然还记得。上次来到这二楼的时候，莉莉终究一次也没叫过，但这声音，确实是芦屋时代听惯的声音没错。

她赶快拔开插着的栓锁，一面伸出上半身到窗外，一面就着室内的电灯光线看看黑暗的屋顶上，但一瞬间，什么也看不见。想象一下，这窗外附有扶手的突出部分，所以莉莉多半是爬到那上面来，一面叫着一面敲窗户的，她想那啪嗒的声音和刚才看见的那黑影正是莉莉，只是她从里面打开玻璃窗的当下，它又不知道逃到什么地方去了。

“莉莉呀……”

她一面顾虑着不要吵醒楼下的夫妇，一面往黑暗中呼唤。屋瓦因为濡湿而闪亮着，所以刚才那是秋天的阵雨不用怀疑，不过又像是场骗局似的，天空竟然正闪烁着星星。遮蔽眼前的摩耶山，那宽阔漆黑的肩膀上，登山缆车①的灯光虽然熄灭了，但还看得见山顶旅馆②的灯光。她一边膝盖跪到突出的窗台上，一面探头到屋顶上，再叫一次，

“莉莉呀。”

---

① 从大正十四年（1925 年）开始运行的摩耶登山缆车，现在依然存在。
② 摩耶观光饭店。

于是，莉莉“喵”地回答一声，似乎从远处的屋瓦上走近来了，闪着磷光的两只眼珠渐渐靠近来。

“莉莉呀。”

“喵。”

“莉莉呀。”

“喵。”

她一连频繁地叫了好几次，每次莉莉都响应她的呼唤，这种情况，是以前从来没有过的。莉莉向来非常清楚地知道谁是疼爱自己的人，谁是内心讨厌自己的人，庄造每次叫它时它会答应，但品子叫它时它却都装成没听见，今天晚上却不但叫几次都不嫌烦地回答，还渐渐带有撒娇的意味，声音有说不出的温柔。而且抬起那闪着青色光芒的眼珠，身体一面像波浪般伸展着一面走近扶手下面来，又一下回头往远处走开。大体以猫来说，对原来自己不理睬的人，今天开始要请她疼爱自己，多少对以前的无礼怀有抱歉的心态，所以才发出那样的声音吧。态度完全改变，仰望今后多加庇护的心意，希望对方能够理解，莉莉才拼命表白吧。品子第一次听到这只兽这样温柔地回答她，居然高兴得像小孩子一样，于是一连试着叫了好几次，只是想抱它，却不容易抓到它，因此她暂时先离开窗边看看，莉莉终于身体一跃起来，轻轻跳进房间里来了。然后完全意想不到地，直线走到坐在床上的品子身边来，前脚往她的膝盖上一搭。

这到底是怎么回事呢，——在她还在发呆之间，莉莉一面用那充满哀愁的眼光一直仰头注视着她，一面已经往她胸前靠过来，额头朝她法兰绒的睡衣领子使劲搓揉，品子也把脸颊凑上去跟它厮磨，它更伸出舌头往她的下巴啦、耳朵啦、嘴巴周围啦、鼻头啦，到处猛舔个没完。这么说来，听说猫在两个人单独相处的时候会接吻，或互相磨脸颊，用完全和人一样的方式表达爱情，就是指这个了，每次看丈夫在没有人看到的地方悄悄的和莉莉玩乐，就是在让它这样亲热啊。——她嗅着猫身上特有的晒过太阳的毛皮臭味，感觉着沙沙的有点刮人皮肤的舌尖，又痛又痒地在她整个脸上到处舔。然后，突然，觉得猫怎么会这么可爱，

"莉莉呀。"

她一面叫着，一面忘我地使劲紧紧抱住它，怎么，毛皮上到处闪着冷冷的光点，这才确定刚才果真是被雨淋到了啊。

虽然如此，它为什么没有回芦屋去，却回到这边来呢？也许刚开始是想要回芦屋而逃出去的，却在途中迷了路，才又转回来的吧？只不过三四里的路程，却花了三天到处徘徊，终于没有到达目的地而转回来，莉莉未免太不争气了，不过说不定这只可怜的小兽，也已经衰老到这个地步了。虽然心情还和以前一样，想要试着逃走，也试过了，然而无论视力也好、记忆力也好、嗅觉也好，都已经没有从前的一半管用了，所以也搞不清楚是从哪一条路、哪个方向，如何被带到这里来的，往这边去也迷惑，往那边去也迷惑，终于又回到原来的地方来。如果是以前的话，一旦决定了方向，不管怎么没有路的地方，它都会奋不顾身勇往直前的，现在却失去自信了，踏进样子陌生的地方时会感到害怕，不由自主地就停下脚步来。莉莉一定是这个样子，没能够走多远，就只在这附近张皇失措地徘徊吧？果真是这样的话，昨天晚上、前天晚上，它一定每天夜里都躲在这二楼窗户的附近，一面犹豫着要不要叫人让它进来，一

面窥探着屋子里面的模样。而且今天晚上，它可能也蹲在那屋顶上的黑暗地方，考虑了很久，因为看到室内灯光还亮着，而且又突然下起雨来，才忽然发出那样的叫声鼓起勇气来敲窗户的。不过，真亏它还肯回来，太好了！虽然以前让它吃了很多苦头，不过这证明它还是没有把我当成陌生的外人。而且今天晚上，我碰巧在这个时刻还点着电灯，读着杂志，说起来是因为有预感的。不，试想想，这三天一点都睡不着，其实就因为无意间在等待莉莉回来。想到这里，她忍不住流下泪来，说道，

"嘿，莉莉呀，你哪里也不要再去了噢。"

一面说着，又再紧紧抱住它一次，很希奇，莉莉乖乖地动也不动一下，就让她继续一直抱着，这只默默无言，唯有眼光显露哀愁神色的年老的猫心中想的事情，现在的她很不可思议地居然可以清楚地看透了。

"你一定肚子饿了噢，不过今天晚上已经太晚了。——到厨房找一找的话也许有什么吧，不过，没办法，这里不是我的家，你就等到明天早晨吧。"

她每说一句话就厮磨它的脸颊一下，好不容易把莉莉放下来，把忘了关的窗户关闭起来，用座垫为它做成床，又为它把自从上次以后又放进壁橱里的粪纸拿出来，莉莉在那之间也始终在后面追着她走，在脚跟边缠着不放。而且只要稍微停下来一下，立刻就走近身边，一面把头往一边倾斜，一面用耳根一带摩擦过来，所以她说，

"好了，好了，够了吧，我知道，快来，来这里睡觉，快睡呀。"

说着，把它抱到座垫上放下来，赶快把电灯熄掉，她也终于躺进自己的棉被里，然而才经过不到一分钟之间，忽然咻一下，她的枕头边闻到那一股日晒过的臭味，棉被一面默默地被掀起来，天鹅绒般柔软的毛茸茸的东西爬了进来，然后从头上钻啊钻地一直往下钻，钻到脚边之后，在棉被边缘一带转了一转，又往上面移动，把头钻到她睡衣的怀里之后，才不再动了，终于一副很舒服的样子，发出很大的声音，咽喉开始咕噜咕噜地响起来。

这么说来，以前庄造的床褥里也发出过这种咕噜咕噜的声音，她每次在旁边一面听着就一面觉得好忌妒，今天晚上那咕噜咕噜的声音听起来特别大声，也许是因为心里特别高兴吧，或者因为是在自己的被子里，所以听起来会这么响。莉莉那湿湿冷冷的鼻头，和那软软怪怪的脚底掌肉搭在她胸上的感觉，对她来说完全是第一次的经验，因此心情既奇妙，又高兴，在黑漆漆中她伸手抚摸它的颈子一带。于是莉莉发出更大的咕噜咕噜声，有时候，莉莉会突然往她的食指尖端，一口咬住留下齿痕，从来没有过这种经验的她，也知道这也是异常兴奋和喜悦之余的动作。

从那第二天开始，莉莉已经完全和品子亲密起来，看得出是打从心里信赖她的样子，不管牛奶也好，柴鱼片拌饭也好，什么都津津有味地吃掉。并在粪纸的沙上每天排泄几次，因此那气味开始经常闷闷地笼罩在这四席半榻榻米的房间里，她闻到这气味时，各色各样的记忆都不由得苏醒过来，感觉好像芦屋时代令人怀念的日子又回来了似的。为什么呢，因为芦屋的家里就是从早到晚都弥漫着这种气味呀。那个家里的纸门、柱子、墙壁、天花板，都渗入这气味了，她与丈夫和婆婆一起前后住了四年，就是一边闻着这气味，一边忍受着无数委屈和悲哀过来的不是吗？不过，那个时分，对这臭不可当的气味她只想诅咒，现在这同样的气味却居然会勾起甜蜜的回忆呢。那个时分因为这气味而更觉可憎的猫，现在却相反地，因为这气味而觉得多么可亲哪。自从那次以后她每天晚上都一边抱着莉莉睡觉，一边想到以前自己为什么那么讨厌这又柔顺又可爱的小兽呢，那时候的自己，看来甚至是个非常坏心眼的，像鬼一样的女人。

那么这时候，总该说明一下，品子为什么会给福子写那封令人生厌的信，提到这只猫，和通过塚本那样执拗地想要求这只猫的动机了。不过老实说其中确实也含有想恶作剧和使坏心眼的意味在内，而且也带有庄造可能被猫引诱而来访的万分之一的期待，不过比起这些眼前的事情，其实还有更长远的，——嗯，早则半年，迟则一年或两年，福子和庄造的感情不可能一帆风顺，她预先洞见了未来的可能性。说起来也因为当初听了塚本做媒嫁过来这里，是有欠考虑，现在看来，那样懒惰又不争气不工作的男人，反倒是被他遗弃比较幸福也不一定，不过对她来说，怎么想都觉得可恨，不甘心放弃，两个当事者并没有感情不好或彼此厌腻，只是被旁边的人设计了，自己才被赶出来的，她是这么想的。其实那件事说起来，不，这样想是自己太自以为是了，虽然，和婆婆相处不好是没错，不过夫妻感情也一点都不好吧，你老公因为你的强势而感到忧郁，从经常吵架看来，个性也相当不合，如果你先生真正喜欢你的话，不管旁边的人怎么推波助澜，也不可能在外面有女人，就算不说得这么露骨，塚本等人心里一定是这样想的，但这是因为他们不了解庄造这个人的个性的关系，在她看来，只要人家从旁怂恿的话，他就会不置可否地听人家摆布。不知道该说是温吞呢，还是吊儿郎当呢，如果人家对他说这个人比那个人好，他就会立刻动摇起来，不过要他自己去外面另结新欢，把糟糠妻赶出门，他倒还没有这种心计和心眼。所以虽然没有对品子热烈爱恋，也没有到讨厌她的地步，所以如果没有旁边的人为他拿主意和怂恿他的话，可能也不至于闹到分手的地步，自己会遭遇这样的不幸，都是阿铃、福子、福子的父亲这些人安排设计的，想到这里，说得夸张一点，品子内心深处实在有被棒打鸳鸯两地分的委屈，因此似乎还有些依依不舍，就这样继续分开下去，也实在真叫人无法忍受。

可是，那么，在微微察觉到阿铃他们正在设计她的时候，应该可以采取什么手段吧，——就算快要被赶出芦屋的最后关头，要是能再努力一点的话也好了，——本来被认为和婆婆势均力敌的她，为什么会中了这计谋，竟然轻易投降，乖乖被赶出家门呢？人家说这跟她平日好强的个性似乎不太相称，不过其中也不是没有她的想法。老实说，这次的事情也因为她刚开始有几分疏忽，因为说起来，她以为那个多情的、原来当过不良少女的福子，不管怎么样婆婆铃子应该不至于想要她当自己的儿媳妇吧，而且屁股轻没定性的福子，应该也没这个耐性，一时低估了状况，不过就算多少估计错误，品子看穿了反正这两个人也不会长久，她现在依然这样相信。尤其福子年纪还轻，从相貌看来也是个好色的女人，虽然没有值得自豪的学问，但也上了一两年女子中学，何况最重要的是带了丰厚的嫁妆过来，所以现成丰盛的美食当前，庄造也不可能不拿起筷子来，一时可能感觉好运来了吧，不过福子迟早会发现庄造实在无法满足她的胃口，而不得不开始向外发展。毕竟她的本性是无法安分守着一个男人的，因为她在这方面早已恶名昭彰了，反正这也是迟早会发生的事情，如果太过分的话，就算庄造人再好也不可能一直忍气吞声，而阿铃一定也会没办法，只好放弃了。整体来说，庄造姑且不说，向来被赞精明干练的阿铃，不可能看不到这一层，只是这次也许利欲熏心，才会勉强这样设计吧。所以品子，在这节骨眼上也就不去做无谓的挣扎，不如先让对手胜一回合，以后再慢慢另图他策也不迟，肚子里有这个打算，因此并没有轻易放弃，不过这种事情，当然对塚本也丝毫不露声色。表面上为了博取大家的同情，尽量表现出可怜的一面，心里面，却无论如何都想再回到那个家门，一面心想你们等着瞧吧，一面也靠总有一天能够实现希望这种想法支持自己活下去。而且，品子虽然觉得庄造是个不可靠的男人，不过不知道为什么却也没办法恨他。他那副德性，成天没头没脑游手好闲的，人家说东就东说西就西，自己拿不定主意，所以这次也才会听从那帮人的摆布吧，想到这里，就像让小孩子一个人开步走似的，既不放心，又觉得他可怜。而且那个人本来这点就奇怪，容易惹人疼爱，以一个大男人的标准来想的话会叫人生气的事情，如果想到他比自己稍微小一点，倒是有他温柔体贴的一面，所以渐渐就被这点牵绊住而无法自拔了，连自己带来的嫁妆都一一投注进去帮助这个家，最后竟然落得赤裸裸地被赶出家门，对她来说，也正因为自己尽心尽力做到这个地步了，才更不甘心。说起来，这一两年来，那个家的生计，难道不是一半以上都靠她单薄的手腕支撑过来的吗？就因为幸亏她的针线手艺功夫好，才能拿到附近的手工，夜晚也不怕伤眼睛，不睡觉地缝东西，家里总算渡过难关，如果没有她的辛苦工作，他母亲再怎么神气也成不了什么事情吧。阿铃在地方上是被大家讨厌的人，而庄造又是那样一副完全不能信任的样子，各种滞纳的赊账人家都催收得很紧，就因为对她还存有同情心，过年过节才能勉强度过，不是吗？然而这对忘恩负义的母子，竟然利欲熏心，把那样的东西引进门来，以为这下子可以拿马来代替牛骑了，哼，等着瞧吧，那个女人有办法持这个家吗？虽然带来的嫁妆够丰盛，不过正因为有这个，所以新媳妇可能更任性更放肆吧，庄造也因为有这个倚仗，而更懒惰，结果三个人的期待都各自落空之后，争执的由头一定层出不穷。到那时候，他们才会真正开始知道以前太太的好处。要是品子的话，就不会这么不检点，这种时候她会帮我们做这个，也会帮我们做那个。不只庄造会这样想，连母亲也一定会承认自己的失策，而开始后悔。那个女人又有那个女人的想法，把人家的家搞得一团乱之后，终究还是飞出去了。那种事现在就可以看得明明白白一清二楚，我可以盖大图章打包票的，他们居然会不知道，真可怜，居然就有这种人。她内心一面冷笑着，一面准备等待时机，不过城府深的她，想到了一面等待一面把莉莉先要过来养着的策略。

她向来对于比她多上了一两年学校的福子，感到在教育方面比不上人家，不过如果要比真正的智慧的话，不管福子也好，阿铃也好，自己都不会输给她们，她有这样的自负，因此在想到把莉莉领过来养的手段时，连自己都暗自佩服自己是个妙点子。为什么呢？因为只要把莉莉领过来这边之后，相信每逢刮风下雨，庄造想起莉莉的时候，就会想起她来，想到莉莉觉得可怜的心，也许不知不觉就会转变成想到她也觉得可怜的心了。而且，那样一来，在精神上就永远没办法完全切断情缘，这时候如果和福子的感情因此而不融洽的话，就会更加怀念莉莉，随即也怀念起前妻来。一般人听说她依然没有再嫁，只跟猫过着寂寞的日子时，不用说都会开始同情她，庄造应该也不会不高兴，于是可能就更讨厌福子了，自己不用动手，就可以成功地分裂他们的感情，提早实现破镜重圆的心愿。——如果能这样的话就正中下怀幸福无比了，她自己暗自这样预期着。只不过问题在于，不知道他们会不会乖乖把莉莉交给她，这一点，如果能煽动福子的忌妒心的话，应该会没问题。所以那封信的字句，也是基于这层深谋远虑而写的，并不是单纯的恶作剧或故意惹人生厌的，可怜，那些头脑不好的家伙，一定猜不透，我为什么要把原本不喜欢的猫领过来养的真正用意，而且一定会胡乱地去作各种极滑稽的猜测，引起一阵孩子气的骚动。想到这里她不禁涌起一股压制不住的优越感来。

总而言之，就因为这样，可以想象，好不容易得来的莉莉却逃走的时候，她那种沮丧，还有莉莉意想不到又回来时，她的喜悦有多大，毕竟都是基于她所得意的“深谋远虑”的有打算的感情，应该不是基于真正的感情，不过自从那次以后，一起住在二楼生活，却发生了完全出乎意料之外的结果。她每天夜晚一边抱着那只满身阳光臭味的小野兽同床共眠，一边想着为什么猫这种东西这么可爱？而且，以前为什么无法理解这可爱呢？现在觉得非常懊悔、自责。大体说来在芦屋时代，也许从一开始就怀着莫名其妙的反感，所以这只猫的优点就从来没有看进眼里，说起来，那也因为吃醋的关系，因为忌妒，所以本来可爱的姿态，看起来也只觉得可恨而已。比方说，天冷的时候会钻进丈夫床上的这只猫她觉得可恨，同时觉得丈夫也可恨，然而现在看起来，并没有什么可怨可恨的地方。现在的她，最近深深感觉一个人独睡的寒冷难过了不是吗？何况猫这种兽类的体温比人类的体温高，所以比人更加怕冷。据说猫会觉得热的日子只有土用①的三天之间而已。如果真是这样的话，现在已经是秋天过了大半了，已经迈入老年的莉莉，会依恋温暖的床而靠近来，也是理所当然的。不，与其这么说，不如说她自己，能这样和猫睡在一起，这种温暖怎么说呢！要是往年的话，像今天晚上这样，如果没有热水袋，可能已经无法入睡了，但今年却还用不着这种东西，能够不觉得冷，不就该感谢莉莉钻进来吗？她自己每天晚上不是已经没办法放开莉莉了吗？除此之外，以前觉得这只猫的随性很可恨，因为对象不同态度也改变的样子很可恨，当着人和背着人表情不同也可恨，不过其实这些，都是因为自己的爱心不够的关系。猫有猫的智慧，它们非常了解人的心情。证据就是，她现在不像以前那样，而是对它怀有真正的爱心了，于是它立刻又回来这里，像这样乖乖顺从她了不是吗？与其说她发现自己心情的改变，不如说其实是莉莉更早嗅出她的改变吧。

过去品子似乎从来没有对猫或愚蠢的人感觉到或表示过这样细致的爱心。原因之一是，从阿铃开始，每个人都说她是一个强硬的女人，所以不知不觉间连她自己也这样以为了，可是想到自从上次以来为了莉莉而完全奉献的辛劳和用心时，自己到底哪里潜藏着这样温暖、这样温柔的情绪，现在都感到惊讶不已。这么说来，以前

---

① 立秋前十八天之间，是夏天最热的时候，据说只有其中最热的三天猫会感觉热。

庄造照顾这只猫绝对不让别人插手，每天费心张罗吃的，每隔两三天就到海边去拿粪纸用的沙子回来换，一有空时就帮它抓虱子，用梳子帮它梳毛，始终注意着它鼻子会不会太干，大便会不会太软，有没有掉毛，如果有一点点异样，就弄药给它吃，看他这样细致地尽心照顾，原来那样懒惰的人竟然能够这样不厌其烦，更惹得她起反感，不过庄造以前做的事情现在自己不也在做吗？而且她还不是住在自己的家里。自己要吃的东西，靠自己赚钱，付给妹妹夫妇，讲好条件，所以并不算完全寄人篱下，不过总是有所顾忌，是在这样的环境中饲养这只猫的。这要是在自己家的话，可以到厨房找剩余的食物，但是别人家就不可能这样了，因此只能自己吃的那份不吃，留下来，或到市场去，找到什么东西就买回来。即使不这样，已经是节俭又节俭了，就算只买一点小菜吧，为了莉莉开销增加，说起来也相当心疼。何况还有一件麻烦的事情，就是粪纸。在芦屋的家离海滨只有五六丁的距离，所以要得到沙子还很方便，但这阪急沿线，却离海滨非常远。本来刚开始的两三次，因为幸亏有工地现场的沙子，所以还好，但不巧的是最近到处都没有沙子了。话虽这么说，但沙子又不能摆着不换，那样的话会臭得不得了，最后连楼下都闻得到臭味了，妹妹夫妇也露出厌恶的脸色。不得已，夜深以后她才悄悄拿着小铲子出门去，到附近的田里去铲一些泥土，或到小学从运动场的溜滑梯下偷一些沙子回来，那样的晚上，常常被狗吠个不停，或被奇怪的男人尾随跟踪，——真的，要不是为了莉莉，谁来拜托她都不会去做这种事的。可是为了莉莉，这样的辛苦却能不厌其烦地甘心去做，到底是怎么回事？她一再感慨，在芦屋那时候，为什么连拿出一半的爱心，来疼爱这只猫都办不到呢？如果自己能够有这点爱心的话，说不定也不至于和丈夫感情不睦，也不会遭遇这样的不幸，现在才感到后悔得不得了。仔细想一想，并不能怪谁不好，都要怪自己没有尽心尽力。连这样一只没有罪过的温柔的小兽都不能爱的女人，才会被丈夫讨厌的不是吗？正因为自己有这样的缺点，别人才会有机可乘地插进来……

到了十一月。早晚温差明显加大了，夜晚常常从六甲山吹下落山风来，似有一阵阵冷风从门缝渗透进来，因此品子和莉莉比以前靠得更近，互相抱得更紧，一面发抖一面睡。然后终于再也忍不住了，开始用起热水袋来，这时候莉莉的欢喜模样就不用说了。品子每天晚上，在热水袋的温暖加上猫的活泼气息满溢的温暖被窝里，一边听着那咕噜咕噜的声音，一边把嘴唇凑近自己怀里的小兽耳根说：

“你比我更懂得人情呢。”

或者说：

“都是我害的，连你也受到这样寂寞的待遇，对不起，忍耐一下噢。”

或者说：

“不过不会太久的，再忍一阵子，就可以跟我一起回到芦屋的家里去哟。然后从此以后，我们三个人就可以再相亲相爱地住在一起了噢。”

说着自己就流下眼泪来，深夜，在漆黑的房间里，除了莉莉以外谁也没看见，不过她还是慌慌张张地把棉被拉起来把整个头盖住。

福子下午四点过后，说要回今津的娘家，就出门去了，刚才一直在后面的檐廊弄着兰花盆栽的庄造，这时迫不及待地站了起来。

“妈。”

他对着后门招呼道，正在洗衣服的母亲，因为水声的干扰也许没听见。

“妈。”

他再一次提高声音叫。

“麻烦你看着店。——我出去一下噢。”

哗啦哗啦的声音突然停止了。

“你说什么？”

母亲清晰的声音从后面传过来。

“我要出去一下——”

“去哪里？”

“就附近嘛。”

“去做什么？”

“别老是这么问个没完嘛——”

说着，他一瞬间脸色绷紧，鼻孔膨胀起来，不过好像立刻又回心转意了似的，恢复他那天生撒娇般的口气。

“嗯，我想去玩台球，让我出去一下好吗？三十分钟就好。”

“可是，你不是答应过不再玩台球了吗？”

“就让我去一次嘛。反正我已经半个月没去打了。拜托啦，真的。”

“我可不知道行不行。等福子在的时候，她许可了你再去吧。”

“为什么?”

听起来怪有张力的声音，使得在后面趴在洗衣盆上的母亲，也能清楚地想象出儿子生气时那一副小孩般撒娇磨人的表情。

“为什么每件事情都非要一一得到太太许可才行呢。如果没有问过福子，难道母亲就不能说话了吗?”

“倒也不是这样，只是人家托我留意一下嘛。”

“那么，妈已经变成福子的间谍啰?”

“傻瓜，什么话嘛!”

说完母亲就不再理会他了，又开始传来哗啦哗拉丰沛的水声。

“母亲到底是我的母亲，还是福子的母亲，你说，是哪一边的?”

“你少来了吧，这么大声，让邻居听见了多没面子啊。”

“那么，你等一下再洗，先到这边来一下。”

“知道了，我什么话都不说了，你爱去哪里就去哪里吧。”

“唉，别说了，过来一下嘛。”

不知道他打的什么主意，庄造忽然走到后门口，拉起蹲在水槽边的母亲满是肥皂泡的手腕，便勉强往里间拉过去。

“嘿，妈，正好趁这个时候，请你看一看这个吧。”

“什么啊，这么慌慌张张的……”

“你看，这个……”

一打开当作夫妇起居室的里间六席榻榻米房的壁橱，下面那段的角落，柳条行李箱和小橱柜的缝隙间阴暗的凹洞地方，看得见有一团一团硬掉的红色东西。

“就在那里呀，你猜是什么?”

“那个啊……”

“那全都是福子的脏东西。就那样一直继续塞进去，一点都没有洗，所以脏东西一大堆都塞满了，橱子的抽屉都打不开了。”

“真奇怪，这女孩子的东西都每次拿出去洗衣店洗了啊……”

“是吗，不过只有卫生带可没办法送出去洗吧。”

“嗯，那是卫生带吗?”

“是啊。再怎么说，这女人的毛病也未免太邋遢了，连我都吓了一跳，妈只要看过也会明白，你怎么不帮我骂她两句? 别只对我啰唆个没完，至于福子，她这样去玩乐你都假装没看见吗?”

“这种东西会塞在这种地方，我怎么会知道呢……”

“妈。”

猛然间庄造好像很惊讶的样子提高声音说。母亲竟然钻进壁橱的下边去，把那脏东西窸窸窣窣地拉了出来。

“你这是干什么啊?”

“我想把这里面弄干净……”

“别弄了，好脏! ……别弄了!”

“没关系，交给我来吧……”

“这像什么话，婆婆去碰媳妇的那种东西! 我可没有叫妈来帮这个忙噢。我是说你去叫福子自己做嘛。”

阿铃装没听见的样子，从那阴暗的里面，拉出大约五六件捏成圆形的红色绒布带来，双手一面抱着那个一面往后门走，放进洗衣桶里去。

“这个，你不叫她自己洗吗？”

“这件事情不用你操心，男人家闭嘴。”

“你为什么不让福子洗自己的卫生带呢，妈？”

“你真啰唆，我只是把这个放进桶子里，先泡水而已。这样一来，她可能自己就会注意到，然后去洗了。”

“真傻，她是那种会注意的女人吗？”

母亲嘴里虽然这么说，但一定自己就会帮她洗掉，所以庄造就越发无法压住满肚子的火。而且也没换外出服，就那身厚司①棉衣，穿上土间的木屐，跳上脚踏车，骑出去了。

原来说要去打台球，确实是这样打算的，但因为刚才这件事情，胸中忽然烦闷起来，已经没兴致打台球了，所以就漫无目的地，一边猛按着车铃，一边沿着芦屋川的休闲步道笔直往新国道骑上去，终于越过了业平桥②，朝神户的方向前进。虽然才快五点的时刻，但直线延伸出去的国道远方，晚秋的太阳早已逐渐落下，呈一条粗大带状横向流去的夕阳余晖几乎与路面平行，人与车都半面染成红色，拖着长得可怕的影子通过。正好正面朝着那光线的方向奔驰的庄造，避开像钢铁般闪闪发光的柏油路面的眩眼，头稍微低垂着，一边朝向侧面，一边经过森的公立市场③，朝小路的招呼

---

① 奈良的麻布商人上田新八，从阿伊努族的民族服装厚司获得灵感，于明治二十年（1887年）所开发的厚棉织品。一般是深蓝色或黑白粗直条纹，由于耐磨而常被用来当劳动装，是大阪南部的特产。

② 大正十四年（1952年）架在芦屋川上的石桥，昭和二年（1927年）开通的阪神国道通过此桥。

③“森”是地名。森市场开设于昭和七年（1932年）今神户市东滩区森南町，平成四年（1992年）改建成大楼。当时设有公车招呼站，从业平桥到森市场前的招呼站约800米。

站[1]前进，忽然，在电车铁轨对面，一家医院的墙外，他看见榻榻米店的塚本正坐在台子前面专注地缝着榻榻米，忽然精神来了似的骑到前面去。

“很忙噢。”

他打招呼道。

“啊。”

塚本手没休息，以眼睛致意，他想趁天黑前把工作赶完，一面把针咻地刺进榻榻米再拔出来一面说：

“这个时刻要去哪里呀?”

“也没有要去哪里，只是到这一带来看一看而已。”

“有事情找我吗?”

“不，没事。——”

说完自己也吃了一惊，没办法只好鼻子眼睛之间挤出一堆皱纹来，做出暧昧的假笑。

“刚好经过这里，所以过来打一声招呼。”

“是这样啊。”

于是塚本一副懒得理会眼前停下脚踏车站住的人似的，立刻把头低下继续作业，如果为庄造设身处地想的话，不管现在多忙，至少说一声“近来怎么样啊”，或“对莉莉的事是不是想开了”，稍稍寒暄一番也好啊，庄造觉得非常意外。其实说起来，也因为在福子面前拼命隐藏对莉莉的怀念，连莉莉的“莉”字都不敢吭一声，因此千思万想全都郁积在心里，现在无意间遇到塚本，心想唉呀总可以对这个男人

① “小路”是地名。从森市场前招呼站到小路招呼站约 1200 米。

吐一吐心中的苦水，那么心情也会开朗一些吧，于是他兴冲冲地抱着很大的期待，塚本至少安慰几句总可以吧，不然也应该为没有通报消息而道歉。为什么呢，因为本来把莉莉交给品子的时候，就确实约好了，说以后猫受到什么样的待遇，塚本要代替庄造去探望，看清楚状况，回头向他报告的。当然这只是两个人之间的约定，对阿铃和福子是绝对保密的，不过因为有这样的条件，庄造才把宝贝猫咪交出去的，可是从此消息渺然，塚本一次也没有履行过约定，先是花言巧语地把人哄骗了，现在还一副没事人似的装糊涂。

不过，塚本也不是无故装糊涂的，也许因为平日生意忙碌杂务缠身的关系吧。很巧在这里遇到了，本来可以埋怨一句泄泄恨的，不过一个正埋头忙着工作的人，现在还有什么闲工夫去提什么猫的事呢，就算提出来，说不定反而会招来一顿怒骂。在夕阳渐沉中，只有塚本手上缝榻榻米的粗针还一直闪闪发光，庄造一边恍惚地看着一边发呆地站着，这附近正好是国道沿线人家比较稀疏的路段，南边有饲养食用蛙的水池，北侧则有为了供养交通事故死亡者最近才刚刚新设的巨大国道地藏[①]石像。这家医院的后方是大片连绵的田地，远方则有阪急沿线的群山，刚才还澄澈透明的空气底部开始形成清晰的几层皱折，这是因为黄昏的苍蓝薄霭已经逐渐笼罩的关系。

“那么，我，告辞了。——”

“进来坐一下嘛。”

“下次再来慢慢聊吧。”

---

① 昭和七年（1932 年）一月，为守护阪神国道的安全而建立的钢筋混凝土国道地藏尊像，高三米多，现在依然存在。

庄造一只脚踩在踏板上，才开始蹬了两三步，还是没办法放弃，终于开口道：

“那个——”

他又转了回来。

“塚本君，太麻烦你了，其实我想问你一件事。”

“什么事？”

“我想现在，到六甲去看看……”

终于缝好一席，正要站起来的塚本一脸惊讶地说：

“去做什么？”

他把抱起来的榻榻米又重新放回台子上。

“说起来，上次分开以后不知道怎么样了，完全没有消息呀……”

“真是的，你还在认真吗？想开点吧，像个男子汉大丈夫一点!”

“不是啦，塚本君！……不是这样。”

“是啊，我那时候不是要你慎重考虑吗？你还说对那个女人已经没有丝毫留恋，连看到她的脸都会一肚子火吗？”

“唉，塚本君，等一下啊，我说的不是品子。是猫啊。”

“什么，猫——”

塚本的眼神和嘴角忽然露出笑意来。

“哦，是猫啊？”

“是啊。——你那时候还说，有空要常常帮我去看看，品子有没有好好疼爱它的，还记得吧？”

“我说过这种话吗？因为今年，自从闹水灾以来忙得要命，所以——”

“这个我知道。所以呀，没有要叫你去。”

顶多只是想讽刺他才这样说的，不过对方一点也没有感觉到。

“你，还忘不了那只猫吗?”

“怎么忘得了呢？自从上次到现在，有没有被品子那家伙虐待呢？有没有顺利的好好相处呢？想到这里就很担心，每天晚上做梦都梦见呢，在福子面前一点都不能提到这件事，所以就更加难过得不得了啊……”

庄造一面捶着胸给他看，一面做出哭丧的脸色。

“……说真的，到现在为止我也想去看一次的，可是最近大概一个月左右，她们几乎都不让我一个人单独出门。而且，去了就不得不见到品子，我也受不了，能不能不被她发现，只悄悄见莉莉一面，这样办不到吗?”

“这个，很难哪。——”

很想叫他还是忍着点吧，塚本一面伸手去拿刚才放下的榻榻米一面说：

“到底怎么样了，也看不见哪。而且何况最重要的是，如果不让她知道是来看猫的话，品子会以为你对她还舍不得，那事情不就麻烦了吗?”

“要是让她这样想的话，我也吃不消。”

“你就想开点算了吧。已经给人家的东西，再去怎么想也没办法啊，不是吗？石井君。——”

“对了,”

他不回答这问题，却提出另一个问题。

“那个，品子平常是住二楼，还是住一楼?”

“我想是住二楼，也会下一楼来吧。”

“她有没有出门不在家的时候？”

“这就不知道了。——她在做裁缝啊，所以大概都在家吧。”

“去澡堂的时间，大概几点左右？”

“不知道啊。”

“这样吗？那么，太打搅你了。”

“石井君。”

塚本抱着榻榻米站起来之间，对着早已骑出一两间[①]的庄造背影说：

“你，真的要去吗？”

“我还不知道要怎么样。总之先到那附近去看看吧。”

“要不要去是你的自由，不过事后如果发生什么争执，我可不想被卷进去哟。”

“这件事，你也先别对福子或我母亲提。拜托你。”

然后庄造的头左右一摇一摆地，穿过电车的铁轨往对面骑去。

现在到那边去，能不能不跟那家人碰面，而悄悄遇到莉莉呢，有什么巧妙的办法？幸运的是房子后方就是空地，除了躲在桦树的树荫下或杂草丛中，耐心等莉莉出来之外，也没有别的办法。不巧的是，天这么黑了，就算它出来了也很难发现吧。而且初子的丈夫也快下班回来了，为了做晚饭，厨房的后门可能会出入频繁起来，所以不能一直等在那里像个闯空门的似的徘徊留连。那么，最好是

① 1间约1.8米。

下次早一点的时间再来，不过能不能见到莉莉还在其次，他好久没有偷得空闲避开太太的眼光骑车到处兜风了，光是这点就愉快得不得了。实际上，要是错过了今天，就要再等半个月，否则不会有像这样的时间。福子常常回父亲那里去缠着要零用钱，大约一个月有两次，固定在初一前后和十五前后，如果去的话一定会被留下来吃晚饭，早的话八九点左右回来，已经成为惯例，像今天，从现在开始还可以有三四小时的自由可以享受，只要自己能忍受得了饥饿和寒冷，在那后面的空地，至少还有站两个钟头的宽裕时间。所以如果莉莉吃过晚饭后要到外面闲逛散步的习惯，到现在还没有改的话，或许可以在那里见到它也不一定。这么说来，莉莉用餐后习惯会到长草的地方去，吃一点绿叶，所以那片空地就更有希望了。——他一面想着这种事情，一面骑到甲南学校前，把脚踏车停在一家叫做国粹堂的收音机店前，从外面探头往店里瞧瞧，确定主人在之后说：

“您好！”

把正面的玻璃门打开一半。

“真是非常抱歉，可不可以借我二十钱？”

“二十钱就够了吗？”

虽然不是陌生的脸孔，不过也没有熟到突然闯进来就能冒冒失失随意这么说的程度，主人似乎想要这么说的，不过光是二十钱而已，也难以拒绝，就从手提金库拿了两个十钱硬币出来，默默放在他的手掌上，他立刻跑进对面的甲南市场①去，把红豆面包的袋子

---

① 神户市东滩区甲南町三丁目的市场。位于阪神国道南侧。

和竹笋皮包着的东西放进怀里又转回来。

“麻烦您请让我用一下厨房好吗?”

庄造看起来人很好却也有很厚脸皮的地方，已经习惯这种事情了，所以被问到“你要做什么”时，只回答“我是有原因的”，就一面笑嘻嘻地一面绕到后门去，把竹笋皮包的鸡肉，移到铝锅上，借用人家的瓦斯加水煮起来。然后一面重复说了不下二十次的“不好意思”之后，又说：

“一直提出好多无理的要求，不过现在可以再听我一次请求吗?”

他提出想借脚踏车上的灯，“你拿这个去吧。”主人从里面拿出这个来给他，上面有“鱼崎町三好屋”的字样，不知道是哪里的餐厅外送用的古老提灯。

“噢，这可是贵重的古董啊。”

“也没什么重要。你经过的时候拿来还就行了。”

外面昏暗中还有点亮，所以庄造就把那提灯插在腰间离开了那里，来到阪急的六甲招呼站前，一块写着“六甲登山口①”大招牌的地方，把脚踏车寄放在街角一家休闲茶店，从那里往上走二三丁就是要去的房子，他沿着有点陡的上坡小路往上走。

来到那栋房子的北侧，他绕到后方，爬进空地里，在二三尺高的草茂盛生长的一堆草丛中蹲着，屏着气息。

在这里一面啃着刚才买的红豆面包，一面耐心地等两小时吧，不久莉莉就会出来，我就可以喂它吃带来的鸡肉礼物，让它跳上我

---

① 位于阪急六甲站，六甲山登山的起点之一。

的肩膀，好久没这样了，让它舔一舔我的嘴角，开心地游戏一番，庄造这样打算。

庄造今天本来因为有不高兴的事情所以漫无目的地跑出来，脚自然往西边去，而且又遇到了塚本，所以途中终于下定决心，延长路程来到这里，早知道会这样的话多穿一件外套来就好了，厚棉衣里只穿了一件毛线衫而已，一阵阵寒气果然透进身体来。他肩膀颤抖了一下，抬头仰望满天星星已经开始闪亮的夜空。穿着木屐的脚碰触到冷冷的草叶，忽然想起，摸摸帽子和肩膀时，发现已经降下许多露水了。原来如此，难怪这么冷，如果就这样蹲在这里两小时之久的话，也许会感冒。不过庄造闻到从厨房那边飘来的烤鱼香味，心想莉莉可能会闻到那香味，从什么地方跑回来，而感到异样的紧张。他试着小声叫着“莉莉呀，莉莉呀”。也试着想想有没有什么那家人听不出来，只有猫听得懂的暗号。他所蹲着的草丛前面，长了许多茂盛的葛叶，那叶子里偶尔有闪闪发光的东西，也许是夜晚的露珠或远处电灯光线的反射而已吧，虽然明知是这样，但每次一闪时胸中仍然会咚地一震，以为说不定是猫的眼睛……啊，是莉莉吗？哇，好开心！这样想的当下心不禁开始一阵悸动。下一个瞬间立刻又失望了，胸口忽然发冷。这么说来虽然很可笑，不过庄造连对人都还没有过这样焦躁不安的心情，顶多只有跟咖啡店的女服务生调笑，就是最了不起的了，要说恋爱经验，也只有瞒着前妻去和福子约会的时候，有过像快乐，又焦急似的，浮躁不安的情绪，——大概只有那样程度的感觉，而且那还是双方家长暗中拉起他们的手为他们撮合，在品子面前帮忙巧妙蒙混过去的，所以并不需要勉强藏头露尾，也不必忍受冒着夜露啃红豆面包的辛苦，缺少了那份认真劲，也没有一心一意想遇到想见面。

庄造对于母亲和太太都把自己当小孩看待，当成无法独当一面的低能儿一般，感到非常不服气，不过话虽这么说，却也没有朋友可以听他诉说这种不服，因而闷闷不乐之情只有藏在心里，于是难免涌起孤单无依的感觉来，而更加宠爱莉莉。实际上，他觉得品子、福子和母亲都无法了解他的寂寞心情，好像只有那充满哀愁的莉莉的眼睛能够看透真相，能够给他安慰似的，而且那只猫的内心深处所拥有的，对人类不知如何表现出来的类似畜生的悲哀，他觉得也只有自己能够体会得出来，然而他们却被勉强拆开分隔两地达四十多天之久。而且有一段时间，他也努力不再去想它了，尽量试着早一点想开也是事实，不过随着对母亲和妻子的不满逐日增加，那郁闷愤怒无处发泄之后，不知不觉强烈的想念再度抬头，变得无法再抑制下去了。确实，如果替庄造设身处地想想，被那样严格禁足，要出门要回家都得受到干涉，反而点燃了他的爱恋，想忘掉都没有空暇忘掉，还有一件让他介意的事情是，自从那次以后塚本都完全没有向他报告任何消息。原来那样明白地约定好的，为什么一点都不告诉他什么呢。若是工作忙碌，还属不得已，但说不定，只是不要他担心，其实可能隐藏了什么实情。例如会不会被品子虐待了，吃也吃不下而变得非常瘦弱了，或逃出去不知去向了，或病死了之类的呢？自从那次以后，庄造经常做这种梦，半夜忽然惊醒过来时，觉得好像不知道从什么地方传来“喵”的声音似的，于是装成要去上厕所的样子，悄悄起来打开遮雨套窗来看，也不止一两次，不过经常被这种幻觉欺骗之后，会怀疑现在听到的声音和梦见的模样，会不会是莉莉的幽灵呢？它是不是在逃回来的路上死在荒野中，只剩灵魂回来呢？这种感觉让庄造浑身打起一阵冷颤。不过也想到，无论品子是个多么坏心眼的女人，塚本多么不负责任，莉莉如果出了什么事情，他们应该也不会默不作声吧，所以没有消息就表示平安无事地过着日子，就这样，每次有不祥的想象浮上心头时，庄造就打消，又打消。虽然如此令人佩服的是，他居然忠实地乖乖听太太的吩咐，脚步一次也没往六甲的方向踏出过，说起来，这不但因为监视严格，也是因为庄造觉得如果被品子的网套上了也不愉快。虽然他对领养莉莉的品子真正的用意何在，到现在还摸不清楚，不过从事实看来，塚本的疏于报告，说不定也是品子指使的，那家伙肚子里就是这样打算故意让我挂心，想要引诱我过去的吧，因为有这种猜疑，所以一方面想确认莉莉是否安然无恙，一方面心想我才不要眼睁睁落入你们的陷阱呢，这种反感和愿望同样强烈。他虽然想设法见到莉莉一面，却又绝对受不了被品子逮到。“你终于来了啊”，一想到那家伙那副聪明机灵洋洋得意的样子，一想到那张脸的表情就恶心。本来庄造有他一流的狡猾，只是巧妙地利用他一副文弱的模样，看起来好像人家说什么就听什么似的，把品子赶出门去也是利用这一手，表面上好像是被阿铃和福子操纵，其实说不定他比谁都讨厌她。而且庄造现在想起来，还觉得做得好，只感觉很痛快，一点都不觉得她可怜。

现在品子应该是在那点着灯的二楼的玻璃窗里，庄造一面蹲在杂草丛里一面抬头注意盯着那灯光看，她那把人当傻瓜般自以为聪明的模样又浮现眼前，想到就满肚子不愉快。好不容易来到这里了，那“喵”的一声令人怀念的声音即使在别人家也想听了再回去，只要知道它平安无事地被饲养着，就安心了，来到这里的用意也达到了，干脆到那后门去窥视一下……如果顺利，悄悄把初子叫出来，把鸡肉交给她，向她打听近况如何……他这样想着，不过看到那窗里的灯光，心里描绘出那张脸，脚步就停了下来。如果不小心那样做，初子不知道会有什么样的误解，说不定会去二楼叫姊姊，至少事后一定会谈起来，“计划快实现了”什么的，光是由她们这样自以为是就叫人火大。那么，还是除了在这空地上耐着性子蹲下去，等莉莉路过这里再抓住这偶然的机会之外没有别的办法了，不过到现在为止怎么等都不来，那么今天晚上几乎是没什么指望了。庄造袋子里的红豆面包已经全部吃光了。而从刚才开始感觉好像已经过了一个半钟头，所以渐渐开始担心起家里的情况了。如果只有母亲的话倒还不麻烦，如果福子先回到家的话，今天整个晚上都会不让人睡觉，会拧得你满身乌青。那也罢了，不过明天开始监视又会变得更严格起来。不过，等了一个半钟头之久，却连一点微小的叫声都没传出来，实在有点奇怪。说不定，上次以来常常做的梦是灵验的梦，猫已经不在这个家里了吗？如果刚才烤鱼的香气传来时是全家晚餐的时候的话，应该也会喂莉莉什么吧，那么它一定会出来吃草的，居然都没出来，看样子是有点奇怪了……

庄造终于没办法再忍受下去，他从杂草中站起身来，悄悄地走到后面的木门边，把脸凑近缝隙看看。结果，楼下的木板套窗完全关着，除了断断续续传来初子好像在哄孩子入睡似的声音之外，没有任何声响。二楼的玻璃窗，就算只是一瞬间也好，能闪一下映出影子来的话，庄造不知道该有多高兴，但玻璃窗里只有白色窗帘安静地垂挂着而已，那上方昏昏暗暗的，下方有点明亮，品子大概把电灯调低，正在做着夜工吧。庄造眼前忽然浮现在灯光下专心动着针线的她身旁，莉莉正乖乖地弓着背，一面缩成“の”字形躺着，一面享受着安详的睡眠的和平光景。秋天的长夜里，除了一动不动的电灯光亮，把莉莉和她孤单的两个人包在一个圆圈里之外，其他地方到天花板为止都一片昏暗……夜更深了，寂静之中，猫微微地发出鼾声，人默默地缝着衣服，虽然寂寞却也亲密……那个玻璃窗里，如果是展开这样的世界的话，——仿佛发生了什么奇迹似的，莉莉和她的感情居然变得很好的话，——如果真的让他看到这样的光景，他难道能不吃醋吗？老实说，莉莉如果能把过去忘光而满足于现状的话，他还是会生气吧，话虽这么说，被虐待或死掉的话庄造就更伤心了，无论如何都让他无法开心，所以或许干脆不闻不问还比较好。庄造忽然听到楼下的挂钟敲了一下半小时的声音。七点半了，——一想到这里，他好像被谁捅了一下似的抬起腰身，跨出两三步后又转回头来，取出还宝贝似的收藏在怀里的笋皮小包来，想把它放在木门口，或垃圾箱上，拿着到处徘徊了一阵子。有什么地方，是只有莉莉会发现的呢？他想把它放在那里再走，然而，放在草丛里的话可能会被狗闻到，放在这边的话又会被家里人发现，不知有什么巧妙方法。算了，没办法顾虑那么多了。最晚如果不能在三十分钟之内回家的话，说不定又会引起一阵骚动。“你呀，刚才做什么来了！”——他耳边忽然听到这样的声音，福子气冲冲的威严样子历历如在眼前。他急忙打开笋皮小包，放在茂盛的葛叶之间，两端用小石头压着，又在那上面适度用叶子盖起来。然后穿过空地，拼命跑回寄放脚踏车的茶店。

那天晚上，比庄造晚回来两个钟头的福子，谈起带弟弟去看拳击[①]的事，兴高采烈。第二天，稍微提早吃过晚餐后，就说：

“妈，让我们去神户好吗？”

夫妇就出门到新开地[②]的聚乐馆[③]去了。

以阿铃的经验来说，福子每次从今津的娘家回来，也就是指钱包里有零用钱的五六天或一星期之间，一定心情愉快。在这期间她会痛快地挥霍，有两次也邀庄造一起去看了电影和歌剧。因此夫妇感情非常和睦，一切都顺利圆满，等过了一星期左右，钱包渐渐空虚之后，一整天在家里无所事事，开始吃吃零嘴翻翻杂志时，偶尔就会跟丈夫拌起嘴来。不过，庄造也只有在太太光景好的时候才保持忠实的模样，渐渐拿不出钱来的时候，态度就变得很现实，脸上表情不悦，说话爱理不理的，有这样的毛病，结果双方口角后被连累的是母亲，最倒霉的也是她。所以每次福子跑回娘家的时候，唉呀呀，阿铃就会心想这下子暂时总可以安心一阵子了，暗暗地松一

---

① 日本引进拳击开始于明治三十年（1897 年）左右，但从昭和初年逐渐受到大众瞩目，昭和二十七年（1952 年）日本人首次获得世界冠军，从此更获得大众热爱。

② 神户市兵库区湊川公园东南方延伸的细长地带。设有剧场、电影院等，是神户唯一的娱乐场所。

③ 在新开地街与多闻街交叉点的西北角。原为剧场，被松竹买进，于昭和九年全面改建。一二楼打通成电影院，三楼是 1300 平方米的溜冰场。昭和五十三年（1978 年）闭馆。

口气。

那么，这次也正好是这种和平一星期的开始，去神户回来后三四天的某一个傍晚，和丈夫两个人隔着餐桌正在吃晚餐的福子说：

“上次的电影，一点都没意思啊。”

她自己也很能喝，所以眼角已经开始有点红晕醉意了，

“——嘿，你觉得怎么样呢？”

说着她举起酒杯，庄造把那杯子抢过来，献上自己这杯。

“来干一杯吧。”

“不行啦……我醉了嘛。”

“没关系，来呀，再一杯……”

“反正在家里喝，也不好喝。不如明天出去哪里好吗？”

“好啊，好想啊。”

“零用钱还一点都没花到呢……上次那天晚上，在家里吃过晚饭出来，只看了一场电影对吗？所以呀，还剩下好多呢。”

“那么，要去哪里？”

“宝冢[①]，这个月在演什么？”

“歌剧[②]吧。——”

事后还有到旧温泉泡澡的余兴节目，但福子脸上似乎却没有多

---

① 本来是荒凉的村庄，明治二十五年（1892年）武库川南岸涌出矿泉成为温泉，称为旧温泉。明治四十四年（1911年）阪急电铁会社在武库川北岸开设大浴场，通称为新温泉，成立少女歌剧团，并经营游乐场、大运动场等。

② 宝冢少女歌剧团和大阪松竹少女歌剧团，当时深受欢迎。

起劲的样子。

“——既然还有那么多零用钱的话，有没有更有趣的地方呢?”

“想想看哪。”

“去看枫叶怎么样?”

“到箕面[①]去吗?”

“箕面不行啊，上次的洪水箕面受到很严重的灾害。好久没去有马[②]了，我好想去，怎么样，赞不赞成?”

“说的也是……对了，上次是什么时候去的?”

“刚好差不多一年了……不，不对，那时候还有河鹿蛙[③]在叫呢。”

“对呀，那么已经一年半了噢。”

那是两个人偷偷避开人家的眼光开始约会不久的时候，有一天约在泷道[④]的终点见面，搭神有电车[⑤]到有马去，在御所之坊[⑥]的二楼和室游玩度过了半天，一边听着溪流的声音，一边喝着啤酒，睡睡醒醒地度过，两个人都还清楚地记得那快乐的夏天往事。

“那么，要不要再到御所之坊的二楼?”

“与其夏天，不如现在更好。可以看红叶，泡温泉，悠闲地吃

---

① 大阪府箕面市北部的风景名胜地。以箕面川的溪流瀑布和秋季的枫叶闻名。
② 位于从芦屋市越过六甲山的北侧山麓。是日本最古老的温泉之一，《日本书记》中也有记载。建久二年(1191 年)仁西上人重建奈良时，名僧行基所建的古寺，建立温泉寺等十二坊舍，现在仍有不少如中之坊、池之坊、花之坊等旅馆。丰臣秀吉曾经在这里举办大茶会。
③ 住在溪流岩石间的蛙。五月间雄蛙会发出笛声般的美妙鸣声。
④ 泷道是阪神国道巴士的终点。在三宫站南方 200 米。
⑤ 昭和三年（1928 年）十一月开通的神户有马间的电车铁道的简称。从神户市内的凑川到有马温泉共 22.5 公里的私营铁路。是现在神户电铁的前身。
⑥ 神户市北区有马町八五八号，现在还在的旅馆。

个晚餐，——”

“就这样，就这样，决定去那里了。”

第二天预定提早吃中餐，福子从早上九点左右就陆陆续续的开始一面准备，一面对镜子里的庄造说：

“你，头发好脏啊。”

“也许是，已经半个月没去理发厅了。”

“那么你快点去吧，现在去三十分钟之内回来。——”

“那真不得了。”

“这样的头发，我才不要跟你走在一起呢。——快去快去!”

庄造左手拿着妻子交给他的一日元钞票，一面挥动着，一面从自己店里跑着往半丁左右路程东边的理发厅去，正巧没有一个客人，所以就对从里间出来的老板说：

“拜托理一下啊。”

“要到哪里去吗?”

“要去有马看红叶。”

“那真好啊，太太也一起去吗?”

“是啊。——说要提早吃中饭然后出发，叫我三十分钟之内去把头理好回来呢。”

“一定很高兴地期待吧，祝你们玩得愉快尽兴啊。”

三十分钟后，庄造把背后传来老板的声音只当耳边风般，回到家门口，毫无戒心地才踏进店门一步，就那样在土间①呆住了。

“妈，你怎么一直瞒着我到今天呢？……”

---

① 日式住宅大门内的玄关，步上木地板的室内之前，有供脱鞋子的泥土或水泥地空间。

因为突然从里间传过来这样的不寻常声音。

“……为什么发生这种事情，不告诉我呢？……这样的话，妈，你表面上让我觉得是站在我这边，其实却一直让他去做那样的事情吗？……”

福子好像气不顺的样子，从高高的音调就可以知道。母亲显然理亏了似的，只偶尔还嘴一两句而已，因为听起来只像在打迷糊眼似的嘀嘀咕咕地说，所以听不清楚。只有福子愤怒的声音特别响地传出来。

“……什么？你说他不一定去了？……真傻！到人家家里去借厨房，煮鸡肉，如果不是去莉莉那里的话，会带去哪里呢？……而且，带着那个提灯回来，藏着放在那样的地方，妈一定知道吧？……”

她绝少这样紧盯着母亲不放，用那样高亢尖锐的声音说话的，可是就在刚才，他到理发厅的短短时间之内，可能前几天那家国粹堂的人，来拿回那时候借的钱和旧提灯了吧。说真的，那天晚上庄造把提灯挂在脚踏车前面骑回来，怕被福子怪罪，所以收到储藏室的架子上去藏着，母亲应该是知道的，于是也许就拿出来还人家了。可是国粹堂的老板，明明说什么时候顺便拿去还就可以的，为什么还特地跑来讨回去呢？难道那古老提灯还舍不得吗？或者到这附近来顺便来拿？或者二十钱借了还没还，他生气了吗？而且，也不知道是老板自己来的，还是派店员来的，又何必提到鸡肉的事呢？

“我啊，如果对象只是莉莉的话，也不会多啰唆什么。就算他说是去看莉莉的，也不见得只是去看莉莉，所以我才会说啊。难道妈想跟他联合起来欺瞒我吗？这样你心里过得去吗？”

被这样一说，阿铃果然不吭一声，自觉理亏了，代替儿子受气虽然也很可怜的样子，不过庄造也觉得一阵痛快。不管怎么样，庄造心想自己如果在家的话，福子的怒气恐怕不是这样就能罢休的，幸而逃过了虎口，哇，赶快逃出去为妙，正准备抽身时，又听见：

"……不，我知道！是您叫他到六甲去的，下次就要商量怎么把我赶出门去了对吗？"

接着传来一声咚的声音。

"等一下！"

"放开我啊！"

"是吗，那你要去哪里？"

"我要回我父亲那里去，看是我说的没道理，还是妈说的没道理——"

"唉，庄造一会儿就要回来了——"

咚咚、咚咚，两个人一面激烈地争吵着一面好像要走出店里来的样子，所以庄造慌慌张张地逃到马路上去，拼命跑了五六丁的距离。此后就不知道怎么样了，待留神时，发现已经不知不觉来到新国道的巴士招呼站前面了，手里还紧紧握着刚才在理发厅老板找的银币①。

就在那天下午一点左右，品子把上午缝完的衣服，说要送到附

① 当时理发费用大人约四十五钱左右。庄造拿一日元钞票去，所以找的钱应该是五十钱的银币。

近去，就在家居服上套一件毛线披肩，小跑步地从后门出去之后，初子一个人在厨房忙着时，后门咿呀地打开了一尺左右，庄造一面喘着气一面往里面探头。

“哎呀！”

差一点吓得她跳起来，于是他赶快一鞠躬行个礼赔笑着说。

“初子……”

然后，一面留意着后面一面急忙小声说：

“……嗯，刚刚品子才从这里走出去吧？”

他以急迫的声音很快地说。

“……我刚刚在那边看到的，不过品子没留意到。我躲在那棵桦树的阴影下来的。”

“找姊姊有事吗？”

“没事、没事！我是来看莉莉的。——”

然后，庄造的话从这里开始，声音变得不知如何是好，非常悲哀难过的样子。

“初子啊，那只猫在哪里？……很抱歉，只要看一下就好了，让我见它一面好吗？”

“在哪里呀？没在外面吗？”

“我也这么想，可是我在这附近走来走去，已经在那边站了两个钟头了，一点都没看见它出来呀。”

“那么，说不定在二楼吧？”

“品子大概很快就会回来吧？这时候不知道到哪里去了？”

“她送衣服到附近的服装店去。——说是两三丁的地方，马上就会回来。”

“那，怎么办，真伤脑筋。”

说着他夸张地猛摇身体，双脚一面踏着地一面说：

“那，初子，拜托你，你看。——”

说着双手合十交互搓着做出拜托的手势。

“——这是我这辈子唯一拜托你的事，现在就请你把它带来吧。”

“见了面，又要做什么呢？”

“什么也不做。只要让我看一眼确定它平安无事，我就安心了。”

“你不会把它带回去噢？”

“怎么可能呢？今天让我见一面的话，以后我就不再来了。”

初子一脸惊讶的表情，紧紧盯着庄造看之后，不知道想到什么于是默默地到二楼去，立刻又回到楼梯的中段来。

“在哟。——”

庄造从厨房里探出头来说。

“在呀？”

“我没办法抱它，你就上来看吧。”

“上去没关系吗？”

“要马上下来哟。”

“好的。——那么，我上去了。”

“快一点吧！”

庄造走上狭窄、陡峭的楼梯时，心还在怦怦跳着。平日的心愿终于如愿以偿了，能够见面固然很高兴，但不知道莉莉变成什么样子了。没有死在野外，没有行踪不明，能平安无事地在这个家里固然可喜，但愿没有被虐待，没有消瘦憔悴……才不过分开一个半月，应该不会把我忘了吧，但不知道会不会怀旧地靠近来？或者说不定会像上次那样，害羞地逃开也不一定？……在芦屋的时代，我出门两三天后回来时，它会不让我再出去地，粘上来到处舔我，如果那样的话，要拨开它又不得不再难过一次了……

"在这里。——"

外面晴朗的下午，阳光被遮住，窗帘紧闭着，这多半是凡事谨慎的品子出门前放下来的吧。——因此室内朦朦胧胧，阴沉昏暗，里面放着一个信乐烧①的海鼠火钵②，令人怀念的莉莉就在那旁边，在双层座垫上，前脚弯进腹部下面，背圆圆地弓起来迷迷糊糊地打着瞌睡，看来相当受到优待的样子。比预料中更受珍惜，特地为它设有双层专用座垫，就是证据，而且可以看到，刚才午餐给它吃了生蛋，剩下蛋壳和吃得干干净净的餐盘，放在报纸上靠在房间的角落。而且在那旁边，还放着和芦屋时代同样的粪纸。于是，庄造突然闻到已经忘记很久的特有气味。过去我们家的柱子、墙壁、地板、天花板都渗透进去的那种气味，现在竟然笼罩着这个房间。他突然悲从中来。

"莉莉……"

庄造不禁发出沙哑的声音。于是莉莉也许终于听见了吧，它睁开浑浊而慵懒的眼睛，爱理不理地往庄造的方向投过来一瞥，但只有这样，没有显示任何感动。它就再度把前脚更深地弯起来，背脊

---

① 滋贺县甲贺郡西南部的信乐町地方烧制的陶器。镰仓时代受常滑烧的影响而开窑，烧制农具、杂器。到了室町时代烧制茶器而远近驰名。
② 海鼠即海参。把手部分的洞形状像切开的海鼠饼(半月形)的火钵。

的毛和耳朵一抖，很冷似的颤抖一下，就又一副困得不得了似的样子，再度闭上眼睛。

今天虽然晴朗，不过空气却冷冷的直透进身体似的，因此莉莉可能不愿意离开火钵吧。而且肚子也隆起来，所以可能就更嫌费事了吧。十分了解这种动物的懒散习性的庄造，已经习惯了这种冷淡的态度了，所以并没有特别惊讶，不过不知道是不是心理作用，在看到那眼屎积了很多的眼角，和那无精打采的蹲坐姿势时，觉得在短短的分开时间里，莉莉又明显地衰老了许多，影子也变淡了一些似的。尤其打动他心的是，莉莉现在的眼睛神情。虽说本来这时候看来就非常困的样子，不过今天看来简直像病倒在路上没人理会的人似的，露出元气精神都耗尽、疲劳已极的神色。

“已经不记得我了吗？——真是畜生。”

“傻瓜，有人看着就那样装糊涂。”

“是这样吗？……”

“是啊……所以……对不起，请给我一点时间，初子你在那里等一下，让我把这纸门关起来可以吗？……”

“这样子，要做什么？”

“什么也不做……只是，我想……把它抱到膝盖上一会儿而已……”

“可是，姊姊快回来了噢。”

“那么，初子，请你从那个房间帮我看着门好吗？看见她了立刻通知我。拜托你了……”

手放在门上这样说着的时候，庄造已经滑溜溜地爬进房间了，把初子关在门外。然后，一边叫着：

“莉莉——”

一边走上前去，面对面坐下来。

莉莉刚开始蛮横地眨巴几下眼睛，像是在说：人家好不容易正在睡午觉呢，真啰唆！但他帮它擦掉眼屎，把它抱到膝盖上，抚摸一下它的颈根之后，它并不表示讨厌的样子，就让他随意摆布，过一会儿之后咽喉开始发出咕噜咕噜的声音。

“莉莉呀，怎么样了，你身体还好吗？每天每天，有没有疼你呀？——”

庄造现在想起，以前莉莉淘气的时候，会把头挤过来磨蹭他，或在他脸上到处舔，他拼命地对它说各种话，但莉莉不管他说什么，都依然闭着眼睛发出咕噜咕噜的声音而已。虽然如此他还是耐心地一面抚摸着它背上的皮毛，一面稍微镇定下来望着这个房间，在许多细微地方似乎可以感觉到那个一板一眼有洁癖的品子的做法。例如她只离开房间短短两三分钟，也要这样好好的把窗帘拉上才出去。而且在这只有四席半榻榻米的房间内，无论镜台、橱柜、裁缝工具、猫的餐具、便器，各种东西都排列整齐，样样都丝毫不乱，整齐地放好，探头看看插着铁钳的火钵中，木炭深埋，灰烬都清洁地烧出平整的纹路来，连三德[①]角架上放着的搪瓷水壶，都像磨过了似的闪闪发光。不过，这倒也不算奇怪，奇怪的是那盘子上留下来的蛋壳。她自己吃的靠自己赚，因此应该绝对不算宽裕的，看来她在贫穷的生活中还给莉莉补充营养。不，这么说来，比起她为自己铺的座垫，反而是为莉莉铺的座垫棉絮

① 大阪方言中指铁制或陶制的脚架，附有三脚或四脚、五脚，供放置水壶、锅等。

比较厚，是怎么回事？她到底在想什么，为什么对以前那样憎恨的猫如此珍惜起来了？

仔细想一想，庄造也就是因为自己的个性使然，把前妻赶出家门，不但连累到这只猫也种种辛劳，今天早上他连自己的家都无法跨进门槛了，终于漫无目的地逛到这里来，一面听着这咕噜咕噜的声音，一面闻着这呛鼻的粪纸臭味时，他不禁悲从中来，胸口一阵堵塞，虽然品子、莉莉都很可怜没错，但比谁都更可怜的难道不是自己吗？自己才真是无家可归的人了不是吗？他开始这样想。

这时候传来一阵啪嗒啪嗒的脚步声。

“姊姊已经来到那个转角了。”

初子慌慌张张地打开纸门。

“啊，那可糟了！”

“不能从后门走！……从前门，……绕到前门去！……我帮你拿木屐过去！赶快！赶快！”

他跌跌撞撞地冲下楼梯，跑出正门的玄关，急忙穿上初子帮他丢到土间的木屐。然后悄悄走到马路上时，品子刚好一闪，跟他错开一步，转进后门口去的背影还留在他眼里，他觉得好像正被什么可怕的东西追赶着似的，拼命往相反方向一直跑。

图书在版编目(CIP)数据

猫与庄造与两个女人/(日)谷崎润一郎著;赖明珠译.
—上海:上海译文出版社,2015.1(2024.2重印)
(谷崎润一郎作品系列)
ISBN 978-7-5327-6703-8

Ⅰ.①猫… Ⅱ.①谷…②赖… Ⅲ.①中篇小说—日本—现代
Ⅳ.①I313.45

中国版本图书馆CIP数据核字(2014)第146813号

猫与庄造与两个女人
猫と庄造と二人のをんな

[日]谷崎润一郎 著
赖明珠 译

出版统筹 赵武平
责任编辑 刘 玮
装帧设计 吴建兴

图字:09-2012-615号

上海译文出版社有限公司出版、发行
网址:www.yiwen.com.cn
201101 上海市闵行区号景路159弄B座
上海市崇明县裕安印刷厂印刷

开本890×1240 1/32 印张3 插页2 字数50,000
2015年1月第1版 2024年2月第2次印刷

ISBN 978-7-5327-6703-8/I·4039
定价:30.00元